四番目の交差点
この街には奇妙な噂がある
心の中である言葉を唱えると
願いをなんでも叶えてくれるという
幽霊高校生のまつりを呼び出すことができるらしい……
会いたい
ドクン
ドクン

ハッ
えっと……
萩野《はぎの》まつりさんですか？
あなたはだーれ？
高橋亜美《たかはしあみ》です
私、その…
願いをなんでも叶えてあげる代わりに
あなたは大切なものをひとつ失う
それでもいいの？
大丈夫
私と高橋未来《たかはしみく》の人生を交換してください
未来の全部がほしい！
これで貧しい生活から逃れて
憧れのセレブ生活を手に入れるんだ……！

翌日――
嘘……
本当に願いが叶ったの？
よかったね
今日から亜美は高橋未来になったんだよ
未来おはよう！
おはよう未来！
可愛い制服も着れたし
友達もたくさんできた
未来の彼氏だね
ピロロロロッ
ええっ？
彼氏までできて……
本当に、
寺島《テラシマ》雪斗《ユキト》
私の願いどおりになったんだ

そう思っていたのに――
この学校で盗難事件が起きている
高橋未来、校長室へ来るように
え、ちょ
ちょっと
私じゃないよ？ありえないよ
早くこの状況をなんとかしないと……
は？
みんな、とっくにアンタが犯人だって知ってたよ
なに白々しいこと言ってんの？
物だけじゃなくて人の彼氏まで取るなんてひどいよね！
……え
大切なものを失うって……
言ったよね？

野いちご文庫

幽霊高校生のまつりちゃん

永良サチ

STARTS
スターツ出版株式会社

× × × ×
× × × ×
× × × ×
CONTENTS

幽霊高校生のまつりちゃん
登場人物紹介
荻《はぎ》野《の》まつり
過去に四番目の交差点で、亡くなった女子高生。それ以来この交差点で、誰かが来るのをずっと待ち続けている。
第一幕
『友達になりたい』
の主人公
日《ひ》比《び》野《の》若《わか》菜《な》
の願い事は、仲間に入れてもらえなかったSNSの「鍵アカの中身を見られるようにしたい」

幽霊高校生のまつりちゃん
登場人物紹介

第二幕
『幸せになりたい』
の主人公

高《たか》橋《はし》亜《あ》美《み》
の願い事は、優雅で幸せそうな生活を送っている友達と「人生を交換してください」

第三幕
『一番になりたい』
の主人公

片《かた》桐《ぎり》亜《あ》子《こ》
の願い事は、目障りになってきた親友の「受験を失敗させて不合格にしてよ」

第四幕
『可愛くなりたい』
の主人公

山中《やまなか》 桜《さくら》
の願い事は、クラスメイトたちを見返すためにも「誰よりも可愛くなりたい」

第五幕
『復讐したい』
の主人公

伊東《いとう》美幸《みゆき》
の願い事は、可愛がっていた犬を殺されて、その犯人に「復讐したい」

この街には奇妙な噂《うわさ》がある。
昼と夜が交《まじ》わる『逢魔《おうま》が時』、四番目の交差点。
青から赤に変わる四回目の点滅の時に〝きみに会いたい〟と心の中で呼び掛けると、
ひとりの少女が現れる。
「願いをなんでも叶《かな》えてあげる代わりに
あなたは大切なものをひとつ失う」
人は〝それ〟を――萩野《はぎの》まつりと呼ぶ。

第一幕　友達になりたい

ひとりでも平気だったのに、誰かと一緒にいることを覚えたらひとりが怖くなった。

「ねえ、若菜《わかな》。今日は午前授業で終わりだし、これからランチしに行こうよ！」

憧れだった花丘女子高等学校《はなおかじょしこうとうがっこう》に入学して三か月。友達もたくさんできた私は充実した毎日を送っていた。

「うん。いいね、行こう」

私こと日比野《ひびの》若菜がいつも一緒にいるグループは全員で四人。

ランチに誘ってくれた璃子《りこ》を中心に、早織《さおり》と谷野《やの》ちゃんとは、つねに行動を共にしている。

どちらかといえば自分の性格は根暗《ねくら》で明るいほうではないけれど、入学式の日に運よく璃子に話しかけてもらったことで、私は今のグループに入ることができた。

「んでさ、うちの彼氏がお母さんに聞いてみないと旅行には行けないって言うんだよ？　ありえなくない？」

「うわ、マザコンじゃん！　何歳だよ！」

「早織は男運なさすぎ。そんなヤツと別れたほうがいいって！」

三人はもっぱら恋愛の話が多い。ガヤガヤとしている店内で、みんなの話を聞きながら、私は飲み物をストローですすっていた。

ここのランチの値段は一二〇〇円。ドリンクバー付きだし、しゃぶしゃぶのほかにワッフルやアイスも食べ放題だし、コスパ的には悪くないけれど……金銭的にはちょっときつい部分もある。

……今月は少し節約しないとまずいかもな。新しいファンデも買う予定だったけど我慢しなきゃ。

「ねえ、若菜。今週の日曜日はカラオケね！　S校の男連れてくるからさ！」

節約を心で決意した矢先に、璃子の明るい声が飛んできた。

「え、カラオケ？」

「そうだよ。マザコン彼氏で困ってる早織のために、璃子がイケメンを集めてくれるんだって。若菜も彼氏作るチャンスじゃん！」と、隣に座っている谷野ちゃんが言った。

恋バナになると途端に口数が減る私は、彼氏どころか、今まで一度も誰かと付き合ったことはない。

璃子は顔が広いから、他校の人たちとのつながりもたくさんあって、こういった合コンという名の交流会には何回も参加してきたけれど……。

「なに？　都合悪いの？」

私の渋っている様子に、璃子の語気が若干強くなった。

「う、ううん！　平気。楽しみだね。私にも彼氏できるといいな」

形だけの笑顔を必死で作ると、璃子はいつもどおりの表情に戻って、この場の雰囲気も壊れることはなかった。

私の環境は璃子たちと仲良くなってからガラリと変わった。

璃子たちは勉強よりも遊びのほうが大事という考え方なので、部活もバイトもしていない。

でも三人とも家がそれなりにお金持ちだから、頻繁《ひんぱん》に食べ放題やカラオケに行っても、私みたいにお財布が空《から》になることはない。

きっと中学生の私だったら、三人の輪に入ることはなかったし、教室で絵を描いている地味なグループに所属していたと思う。

私はいわゆる高校デビューというやつで、実は中学時代はとても寂しい学校生活だった。

類は友を呼ぶという言葉があるけれど、派手な人には派手な人が寄ってくるし、地味な人には地味な人しか寄ってこない。

それを嫌というほど中学の三年間で学んだ私は、高校入学を前に髪の毛を初めて茶色く染めた。

目が小さいことがコンプレックスなので、アイプチをして、瞳には黒フチのカラコン。

化粧なんてしたことがなかったけれど、雑誌を見て研究して、メイク道具も一気に揃《そろ》えた。

そんな努力の甲斐《かい》があって、私は派手な璃子の目に止めてもらって、今は華やかな毎日を過ごすことができているのだけど……。

オシャレも遊びも、こんなにお金がかかるなんて知らなかった。

その日の夜。私はコンビニでもらってきた求人雑誌を広げながら、ベッドの上でSNSをチェックしていた。

今までずっとSNSとは無縁の場所にいたけれど、そろそろやらないと取り残されると思って、これも高校入学を機に慌《あわ》てて始めた。

……あ、みんなランチの写真もう載せてる。

顔の広い璃子はフォローもフォロワー数も桁《けた》違い。なにかをつぶやくたびにすぐに誰かがコメントを入れてくれる。

私も遅れないように、ランチの写真を上げて【大好きな友達としゃぶしゃぶ】という文字を書き込んだ。

すぐに早織と谷野ちゃんが反応してくれたので、私もすかさずふたりのSNSに【また行こうね】とコメントを書いた。

スマホなんて天気予報とアラームぐらいしか使い道がないと思ってたのに、今では暇《ひま》さえあれば癖《くせ》のようにSNSを開いていて、ついついろんな人のアカウントまでチェックしてしまうようになっていた。

クラスメイトや同じ高校の人たちも、ほとんど毎日なにかしらをつぶやいているし、たどれそうなワードを検索してアカウントを見つけたりもする。

私が通っている高校は花高《はなこう》とも呼ばれているので、今日も花高と打ってエゴサーチをしてみた。

【今日の食べ放題、隣に花高の生徒がいた。みんな可愛かった】

すぐに知らない人のつぶやきがヒットした。

……隣の席。ああ、なんか大学生っぽい男子がいたような気がする。

つぶやいた日付と時間を見ても私たちのことで間違いないだろうけど、みんな可愛かったという言葉に私は少しホッとしていた。

正直、私のルックスは普通よりも下だし、化粧でごまかしていることも自分が一番よくわかっている。

だからこそ、あのグループにずっといられるように努力もしてる。

私はもう友達がひとりもいなかった中学時代の自分には戻りたくない。

そんなことを考えながら、SNSのチェックを続けていると……見たことがないアカウントが目に入った。

それは〝リコピン〟というユーザー名で、アイコンは真っ赤な林檎《りんご》だった。

これって……。

たしか璃子も前にこのアイコンと同じものを使っていた。

@から始まるアカウントの英数字も璃子が使っているものとよく似ている。でもこのリコピンというアカウントには鍵《かぎ》が付けられていて、承認された人しか内容が見られないようになっていた。

……たぶん、っていうか絶対これって璃子だよね？

複数のアカウントを持っていることは珍しくないし、使い分けをしてる人はたくさんいる。

だけど、璃子が鍵アカを持っていたなんて、初めて知った。

璃子の本アカのフォローとフォロワー数は余裕で三桁を越えているのに、このアカウントには片手で数えられる人しかいない。

……どんなことをつぶやいているんだろう。

求人雑誌はそっちのけにして、それればかりが気になってしまった。

次の日。学校に着くと璃子と早織と谷野ちゃんが楽しそうにしゃべっていた。

窓際にある璃子の席に集まるのはいつものこと。なにやらみんなでスマホの画面を見せ合いながら笑っていた。

「っていうか、これヤバくない？」

「ね。詐欺《さぎ》だよ」

そんな会話を聞きながら、私も混ぜてもらおうと元気よく声をかけた。

「みんな、おはよう！　なに見てるのー？」

一直線にみんなの元に行くと、なぜか不自然にスマホを裏返しにされてしまった。

「あ、若菜おはよー」

挨拶は返ってきたものの、なにかを隠されたような気がして不安になった。

「な、なんか今楽しそうだったね」

「えーだって璃子がさー」

「ちょっと、送ってきたのは早織じゃん！」

「はは、ふたりともやめなよー」

結局、私の質問にはスルーのまま。そのあとも三人しかわからない話題で盛り上がっていて、なにを見ていたのか聞くことはできなかった。

今までも度々こういう空気は感じていた。

仲間はずれにされているわけではないけれど、仲間に入れずに私だけが一歩引いているような状況になることがある。

でもそれは仕方ない。

だってグループの中にランク付けがあるのなら、私は四人の中で一番下だから。もちろん一番上は璃子で、次の早織と谷野ちゃんは同じくらい。

性格や容姿も含めて、まったく三人とは釣り合っていないし、無理に明るく振舞っていることもあるけれど、私は今の居場所をなくしたくない。

三人に嫌われたら、楽しい高校生活が一瞬で終わってしまうから。


「あ、ねえ、来たよ」

と、その時。早織と谷野ちゃんに合図を出すように、璃子の視線が教室のドアに向いた。

登校してきたのはクラスメイトの泉谷《いずみだに》沙和《さわ》だった。

泉谷さんはどこのグループにも所属していない。

同級生の女子の中でも圧倒的な存在感がある彼女は、美人でスラリと背も高くてモデルのようにスタイルもいい。

校舎のどこにいても目立つ容姿から、つねにみんなの視線を集めているけれど、泉谷さんはなにひとつ動じない。

ひとりになることが怖いと思っている私とは違って、いつも背筋が伸びている泉谷さんはきれいでカッコいい人だ。

「生意気だよね、あいつ」

一方で、自分よりも目立つ泉谷さんのことを璃子はあまりよく思っていない。

こうして陰《かげ》で彼女のことを悪く言うことはあるけれど、花高はいじめに対して厳しい指導をしてるので、気にくわないことがあっても目に見える嫌がらせは誰もしない。

そしてあっという間に四時限目になり、次の授業は教室移動。

璃子は谷野ちゃんと、私は早織と同じなので、必要な教科書とノートを持って教室から出た。

ざわざわとしている廊下では、ほかのクラスの人たちが集まってはしゃいでいた。

こうして見ると本当に学校は集団社会だなって思う。

「……あ、あのさ」

私は抱えていた教科書をぎゅっとして、隣にいる早織に話しかけた。

「んーなに？」

早織はさっきからずっとスマホをさわっている。画面にはのぞき見防止のフィルムが貼られているけれど、おそらく見ているのはSNSだろう。

「璃子ってさ……鍵付きのアカウント持ってる？」

本人に聞いたほうが早いことはわかっているけれど、どうしても璃子には聞きづらかった。

「あーうん。持ってるよ」

早織の返事はあっけらかんとしていた。

早織が把握《はあく》してるということは、たぶん谷野ちゃんも璃子の鍵アカを知っている。

これは私の想像でしかないけれど、おそらくふたりはそっちのアカウントも相互《そうご》フォローしていて、中のつぶやきを共有していると思う。

でも、早織と谷野ちゃんのSNSをチェックしても、フォロー一覧にはリコピンという鍵アカはなかった。……となると。

「もしかして、早織と谷野ちゃんも別のアカウントを持ってたりする？」

「うん」

「それって……鍵付き？」

「まあね」

私の不安とは裏腹に、やっぱり早織の返事は軽かった。

「そ、その鍵アカって、私がフォローしたらダメなのかな」

「別にみんな、たいしたことつぶやいてないから見てもつまんないよ」

そう言って、やんわりとフォローすることを断られてしまった。

きっと三人が先ほど同じ話題で笑っていたのは、私の知らないSNSのことだと思う。

……たいしたことはつぶやいてないって言うけれど、さっきは楽しそうにしていたし、つまらないと言っている内容を三人はたがいに見合っているんでしょ？

じゃあ、なんで、私が見たらダメなのかな。

私が混ざったらいけないの？

それとも……私のことをなにか言ってる？

考えれば考えるほど思考がネガティブになっていく。でも心で思っていることを口に出せないだけではなく、三人から嫌われることも怖いので、これ以上しつこくすることもできなかった。


それから週末になり、璃子が言っていたカラオケの日を迎えた。

璃子が集めたS高の男子はたしかにイケメンばかりだった。

「まさか本当に来てくれるとは思わなかったよー」

そんな中で、璃子が鼻にかかった甘え声を出す。

これはランクが上の人にしか使わない声であり、男慣れしている早織と谷野ちゃんでさえ、なんだか緊張しているように見えた。

「はは。ちょうど時間が空いたからさ」

みんなのことを夢中にさせている男の子は、星野《ほしの》くんという名前らしい。

璃子たちが話している内容で、なんとなく彼がメンズ雑誌の読者モデルをしているということがわかった。

今どきの塩顔男子って感じで、顔も整っているけれど、なんだか軽そうだし、私はあまりいい印象は持たなかった。

そんなことよりも今は……三人の鍵アカのことで頭がいっぱいだ。

店内に入って案内されたのは大部屋だった。

天井にはきれいなシャンデリアが吊られていた。広くてゆったりとしているソファの座り心地がよくて、壁には大きなモニターが取り付けられている。

「本当はこの部屋って十人以上じゃないと使えないんだけど、ここの店長とは顔見知りだから今日は特別にお願いしておいた」

「すごい！　さすが星野くんだね。本当にありがとう！」

璃子たちのテンションはさらに上がって、SNSに載せるための写真をたくさん撮っていた。

そうこうしているうちにみんな順番に曲を入れ始めて、唐揚げやポテトなど片手でつまめる食事がテーブルに並んだ。

「みんな可愛いけど彼氏はいるの？」

もちろん話題は恋愛のことに集中した。

星野くんを含むS高の男子は、全員彼女はいないらしい。と言っても、そういう設定で行こうと事前に話し合っている可能性もある。

彼氏持ちである璃子と早織がフリーを装《よそお》っているみたいに。

S高の男子たちはレベルの高い人ばかりだったけれど、やっぱり一番人気は星野くんだった。

……はあ。なんか苦手だな、こういうの。

みんなに合わせて相づちはしているけれど、私だけがぽつりと浮いている気がした。

実は昔から男子に対して苦手意識がある。

地味だったことでからかわれたこともあって、そういうトラウマから高校は迷わずに女子校を選んだ。

こんなことなら今日のカラオケを断ればよかったんだろうけど……一度断ったらもう誘ってもらえないかもしれない。

男子への接し方も難しいけれど、それ以上に女子への接し方のほうが間違えてはいけないのだ。

「ねえ、誰かドリンクバー行かない？」

璃子は空になったグラスを手に持って、視線は私のほうに向いていた。

……でた。いつも自分で行くのが面倒だからって、人に行かせようとするやつだ。

食べ放題の時も絶対に璃子は席から立たないし、『あれ持ってきて、これ持ってきて』とお嬢様気取りで指示をするだけ。

そんな態度にもちろん不満はあるけれど、それを言ってしまえば私の世界は終わってしまうだろう。

「私、ちょうど行こうと思ってたから、取ってくるよ」

気持ちとは真逆に笑顔で引き受けると、便乗するように早織と谷野ちゃんからも頼まれてしまった。

大丈夫。こんなのはいつものことだ。

璃子はシロップなしのアイスティー。早織はジンジャーエールで谷野ちゃんは緑茶。

毎回雑用みたいなことをさせられるおかげで、すっかり三人が好む飲み物も覚えてしまっている。

今まで友達がいなかったから、遊びに誘ってもらえたり、輪に入れてくれるだけで最初はものすごく嬉しかった。

飲み物を頼まれたり、当たり前のように自分が動くことさえ普通のことだと思っていた。

だから、自分が雑に扱われていることに気づくまで、少し時間がかかった。

きっとあの三人にとって、私は都合がいいだけの存在なのだろう。

それを証拠に、いくら三人の要望を聞いたってお礼を言われたことは一度もない。

ありがとうって言ってほしくてやってるわけじゃないけれど、ときどきすごくむなしくなってしまう自分もいる。

「手伝うよ」

黙々《もくもく》とドリンクを準備してると、うしろから声がした。振り向くと、そこには星野くんが立っていた。

「四人分なんて、ひとりじゃ大変でしょ？」

「え、あ、ありがとうございます……」

星野くんの優しさをどう受け止めたらいいのか困ってしまって、かなりぎこちない返事になってしまった。

「若菜ちゃんって、おとなしいんだね」

「……え、そう、ですか？」

「うん。っていうかなんで敬語？　俺たちタメだよ」

「そ、そうですよね」

「ぷ、はは。若菜ちゃんって面白いね」

からかっているのか、笑われているのかはわからないけれど……。

ただの軽い人だと思ってたことが申し訳ないくらい、星野くんはいい人だった。

「ねえ、若菜ちゃんってSNSとかやってる？」

ドリンクを準備し終わったあと、星野くんはポケットからスマホを取り出した。

「う、うん。やってるよ」

「じゃあ、フォローするね」

そう言って、星野くんは本当に私のSNSを見つけてフォローしてくれた。

星野くんのSNSを確認すると、人気者だけあってフォローもフォロワーの数も桁違い。モデル仲間らしき人ともたくさんつながっていて、見た目だけではなく彼のアカウントも華やかだった。

……なんか私とは別次元の人って感じだな。

そんなことを思いながら、星野くんと一緒に部屋に戻った。自分の順番がきた時だけ難しくない曲を歌い、あとはみんなのカラオケに合わせて手拍子だけで盛り上げた。

「ずっとエアコンの中にいたから、体が冷えちゃったね」

その帰り道。なんとか合コンを乗り切った私は璃子と歩いていた。

二次会があったらどうしようと思ったけれど、そのまま現地解散になって安心した。

さっきまで谷野ちゃんも一緒だったけれど、分かれ道にさしかかり、今は璃子とふたりきり。

……そういえば璃子とふたりで話すのは久しぶりかもしれない。

入学したての頃はよくふたりで出掛けたり、プリクラも撮りに行っていたけれど、早織たちがグループに入ってから、自然とふたりでは遊ばなくなっていた。

「お会計は男子たちが出してくれたけど、よかったのかな。私的にはすごい助かっちゃったんだけど」

憂鬱《ゆううつ》だったカラオケが無事に終わったことで気分が軽くなり、私の口調はいつもより軽やかになっていた。

「私、流行りの曲とか知らないから全然歌えなかったよ。今ってやっぱりあのアーティストが人気なんでしょ？　ほら、紅白にも出てたしドラマの主題歌にもなってた人」

「…………」

なぜか璃子からの返事はない。

谷野ちゃんとは普通にしゃべっていたのに、私とふたりきりになった途端に、スマホばかりを見ている。

さっきから画面をスクロールさせたり、なにやら文字も打っていて、その表情は不機嫌だった。

その冷たい態度を気にしつつ、横目で璃子のスマホを確認すると、やっぱりいつものSNSを開いていた。

……どうしよう。でもタイミングは今しかないと、私は勇気を出してずっと気になっていたことを聞いてみた。

「ねえ、それって……鍵アカ？」

みんなのつぶやきを見逃したくない私は、三人がSNSに投稿した時にだけ自分のスマホに通知がくるように設定していた。

どう見ても璃子はなにかを書いているのに、私のスマホには通知が来ない。となると、今開いているSNSは私の知らないものということになる。

「そうだけど」

「な、なんかみんな鍵アカ持ってるよね！　私もやろうかな」

「やればいいんじゃない？」

「…………」

璃子はずっと素っ気なくて、一度も私のことを見なかった。

なんで同じグループにいるのに、こんなに寂しく感じてしまうんだろう。

たった一言でいい。

『鍵アカを作るなら、じゃあ、そっちのアカウントもフォローするね』って言ってくれたら、不安は解消されるのに……。それさえも言ってはくれない。

私が見られないSNSで一体どんなことをつぶやいているのか。

隠されれば隠されるほど、どうしても中身を確認したいという気持ちが強くなった。

「私、用があるから」

そして璃子は視線をスマホに向けたまま、別の道へと歩いていってしまった。

……はあ。

ひとりになって、ため息ばかりがこぼれる。

友達がいなかった頃、それなりに人目は気にしていたけれど、学校から出てしまえば落ち着いた。

でも璃子と仲良くなって、自分のグループができると、つながりは学校内だけじゃないことを知った。

誰とどこに行き、なにをして、どんなことを思ったのかSNSに書き込むことで、自分の充実度を上げていく。

たしかにSNSを始めてから私の世界は広がった。

暇をもて余すことはないし、離れていても瞬時《しゅんじ》に情報を共有できる。

けれど、そのぶん、なんでも把握《はあく》していないと怖いと思うようになっていた。

「ねえ、幽霊高校生のまつりちゃんって知ってる？」

ぼんやりと自宅へと続く道を歩き進めていると、男女のカップルらしき人とすれ違った。

詳しい会話は拾えなかったけれど、かすかに聞こえてきた〝幽霊高校生〟という言葉。

たしか私も何回か耳にしたことがある。

この街には不吉な噂が絶えない交差点がある。それは側道《そくどう》と街道《かいどう》が交わる十字交差点で、四つの横断歩道は上から見ると四角形の形をしている。

事故が多いとも言われている交差点にはいつも白い花が飾られているらしいけれど、その中でも鬼門と呼ばれる方角に位置している四番目の交差点は特にヤバいと聞く。

夜中にひとりで歩いていたら黒い影が動いていたとか、誰かに手を引っ張られたとか、写真を撮ると必ずなにかが映るとか、寒気がしてしまうことばかり。

でもそんな噂の中でひとつだけ、興味深い話を聞いたことがあった。

それは四番目の交差点にはひとりの少女がいて、ある方法で呼び出すと、その日から自分の願いをなんでも叶えてくれるというものだ。

どう考えても作り話だと思うけれど、その噂だけは絶えることなく広まり続けている。

その日の夜。なんとなく気になって、どうしても頭から離れなくなってしまった私は、険しい顔をしながらスマホの画面とにらめっこをしていた。

「怖いけど気になるな……」

検索欄に打ち込んだ文字は『幽霊高校生のまつりちゃん』。

オカルト話は大の苦手だし、心霊番組のCM予告を見ただけで眠れなくなってしまうタイプなんだけど、どうしても噂についてもっと知りたいと思ってしまった。

恐怖心と戦いながら意を決して検索してみると、驚くほどたくさんの情報がヒットした。

画面をスクロールしながら目立っていたのは、少女を呼び出す方法についてだった。

時刻は『逢魔が時』と呼ばれる夕暮れ。

四番目の交差点の前に立ち、横断歩道の信号機が青から赤に変わる四回目の点滅《てんめつ》の時に〝きみに会いたい〟と心の中で呼び掛ける。

すると、目の前にひとりの女の子が現れる。

その名前は――萩野まつり。
・萩野まつりは、人にとり憑《つ》かないと四番目の交差点から離れることはできない。
・萩野まつりを呼び出せるのは一度だけ。
・萩野まつりは周りの人には見えない。
・萩野まつりは願い人《びと》の望みがすべて叶うと消える。
まるで体験者が次の人につなぐようにして、彼女についての説明が詳しく書かれていた。

……これって、本当のことなのかな。

人が作り出している幻《まぼろし》だと言っている人もいれば、成仏《じょうぶつ》できずに交差点をさ迷う地縛霊《じばくれい》だと言っている人もいる。

そしてどういうわけか得たいの知れない彼女は、親しみやすく『まつりちゃん』と呼ばれているようだ。

どれが本当でどれが嘘《うそ》かはわからないけれど、もしも本当に願いをなんでも叶えてくれる存在なら……。

私は萩野まつりに会ってみたい。

次の日。通常どおりの授業を終えて、みんなと昼食も一緒に食べたけれど、S高の男子の話や過去の恋愛話には付いていけずに、私は笑ってうなずいているだけだった。

「あれ、若菜。今日早くない？」

ホームルームが終わってそそくさと帰り支度をしていると、早織が声をかけてきた。

「う、うん。ちょっと用事があって」

「へえ、友達？」

「そ、そう！　中学の時の」

「プリ撮ってきてよ。若菜の友達見たい！」

「うん、撮れたらね」

私は平静を装いながら早織と別れて、昇降口で上履《うわば》きからローファーに履き替えた。

校舎を出て正門を過ぎると、歩くスピードは自然と速くなっていた。

心臓が波を打つようにバクバクしている。

誰にも見つからないようにあたりを見渡しながら着いたのは、噂の交差点だった。

同じ街でも駅から離れているし、家からの方向も真逆なので、ここに来たのは初めてのこと。

検索した時には気味の悪いことばかりが書かれていて、勝手に暗いイメージを想像していたけれど、十字路の道路はどこにでもあるような普通の場所だった。

数えきれないほどの車が次から次へと行き交《か》っていて、奇妙な噂があるとは思えないほど日常的な風景が広がっている。

けれど、萩野まつりに会えるという四番目の交差点の前に立つと、なんとも言えない空気が漂《ただよ》っていて、自然と鳥肌が立っていた。

なんだか誰かに見られているような、居心地の悪さを感じる。よく心霊スポットに行くと肩が重くなったり、体調不良になったりすると聞くけれど、霊感のない私でさえ、この場所には〝なにかいる〟と直感で思った。

足元がひんやりとした気がして視線を下に向けると、電柱のそばに真新しい白い花が置かれていた。

ゾクッと背中が寒くなって、やっぱりやめようと足がうしろに下がったけれど、それを阻《はば》むようにして大きな風が私の背中を押した。

……ゴクリ。

上を見上げると、ちょうどオレンジ色と紫色が混ざり合ったような空の色をしていた。不気味さを通り越して、そのまま体が吸い込まれてしまいそうだった。

きっとこの魔物《まもの》と遭遇《そうぐう》するような時間帯のことを、人は『逢魔が時』と名付けたのだろう。

空を見上げているうち、妙にあたりが静かになったような気がした。なぜかあんなに走っていた車が一台も通っていない。再び、自分の心臓がうるさく響き始めた。

……ドクン、ドクン。

鼓動の動きに合わせるようにして、横断歩道の青信号がゆっくりと点滅する。

一回目、二回目、三回目と見送って、ついに四回目の点滅の時。

私はぎゅっと目をつむって心の中で呼び掛けた。

〝きみに会いたい〟

言い終わったあと、おそるおそる目を開けた。

……ドクンッ。

まっすぐに伸びる横断歩道の奥。

先ほどまで誰もいなかったはずなのに、セーラー服を着た女の子が私のことを見て笑っていた。

「……あ、あ……」

怖さで足の力が抜けてしまい、体がグラッとよろけた。

その瞬間、誰かに肩をさわられた。

視線を感触があるほうに向けると、白くて長い指が私の肩に乗っていた。

「ひゃあぁっ……!!」

今まで出したことのない声を上げた。それと同時に勢いよく尻餅《しりもち》をついてしまった。

「ひどいな。人を化け物みたいに」

横断歩道の向こう側にいた女の子が、いつの間にか私の目の前にいる。

背丈はたぶん私と同じくらいで一五五センチ程度。体の線が細くて、顔も小さく、肌は透明のように白かった。

胸元にある深紅《しんく》色のスカーフとは真逆に、髪は深い黒色をしている。毛先はきれいに切り揃えられていて、肩に触れるギリギリの長さをしていた。

「……もしかして、まつりちゃん……?」

私は上擦《うわず》った声で聞いてみた。

「うん。そうだよ」

不気味な雰囲気を壊すように、まつりの声は意外にも甲高くて可愛らしかった。

右目の横には印象的な泣きぼくろがひとつあって、見た目はどこにでもいるような女子高生と変わらない。

……本当に彼女が噂の人なんだろうか。

しっかりと意志疎通《そつう》ができるし、足もあるし、体が透《す》けているわけでもない。

私にはどう見ても生きてる人にしか見えなかった。

「あなたが幽霊高校生なの？」

少し冷静さが戻ってきたので、しゃがみこんでいた腰を静かに上げた。

「どうかな。それは人が勝手に言ってることだから」

「願いを叶えてくれるっていうのは本当のこと？」

そう尋ねると、まつりは不敵に微笑《ほほえ》んだ。

「うん。それは本当のこと。でもね、願いをなんでも叶えてあげる代わりに――あなたは大切なものをひとつ失う。それでもいいの？」

まつりのビー玉みたいな瞳に、自分の顔が映っていた。

まるで心の奥まで探《さぐ》られているような、見透かされているような、怖さを感じた。

「……失うって命とか？」

「さあね」

「それはまつりちゃんが決めるの？　それとも……」

「怖じ気《け》づいたならやめていいよ」

臆病《おくびょう》な私を突き放すようにして、まつりは毛先をくるくると指で巻きながら遊び始めた。

私の想像ではもっといろいろな条件があって、強制されるものもいくつかあるのではないかと思っていた。

でも、まつりは自分のペースに引き込むというより、私に時間を与えて試しているようにも見えた。

「今、やめたらどうなるの……？」

「別にどうもならない。私があなたの前から消えて、あなたはまた同じ毎日を送るだけ」

「……同じ毎日……」

まつりを呼び出せるのは一度だけだと書いてあった。おそらくここでやめてあとから気が変わったとしても、もう二度と彼女には出逢えない。

「私は私のことを必要だと頼ってくる人に憑くだけだよ。覚悟がない人と一緒にいてもつまらないもん」

「…………」

「私に叶えてほしいことがあったから呼び出したんでしょ？　やめる？　やる？　どっちなの？」

まつりを呼んだのは勢いだったかもしれないけれど、決して遊び半分の気持ちじゃない。

「やる」

強制されたわけでもなく、自分で決めた。

すると、まつりはにこりと笑って満足そうな顔をした。

「じゃあ、契約《けいやく》成立だね。あなたの名前を教えて」

「日比野若菜」

「若菜。今から私はあなたのものだよ」

ふわりと、交差点に風が吹く。

白い菊《きく》の香りが鼻をかすめて通り過ぎた。

そのあと私たちは交差点からひとけのない小さな公園に移動した。

すでに日は落ちていて、外灯に群がる羽虫がバチバチと音を出している。

「わあ、風が気持ちいい……！」

ベンチではなくブランコに腰かけると、まつりは子供みたいに漕《こ》ぎ始めた。

ギィギィと、ブランコの錆《さ》びた鎖《くさり》が軋《きし》む。

幽霊高校生と呼ばれているということは、おそらく年齢は私と変わらないだろう。

黙っていればおしとやかな印象を持たれそうな外見なのに、まつりは幽霊だと忘れてしまいそうなほど無邪気で明るい。

でも移動中にまつりと話していたら、すれ違う人が変な目をしていたから、噂どおりほかの人には見えない存在だということは確かなようだ。

「本当になんでも願いを叶えてくれるの？」

私はブランコの持ち手をぎゅっと握《にぎ》った。

「うん。若菜のためならなんでも叶えてあげる」

私のためならなんて、人に初めて言われた。

交差点にいた時は怪しげな雰囲気もしていたけれど、今は全面的に私の味方のようだ。

その言葉に甘えるようにして、ポケットからスマホを取り出した。

「SNSって知ってる？　この鍵アカの中身を見られるようにしたいんだけど……」

私は璃子と早織と谷野ちゃんのアカウントの画面をまつりに見せた。

こんなことでまつりを呼び出すなんて、ほかの人が聞いたら笑うかもしれない。

でも、私にとっては重要なことだ。

あの三人がなにをつぶやいているのか。

私のことをどう思っているのかを知りたくて夜も眠れない。

「はい。見れるようにしたよ」

「え……？」

まつりは私のスマホに触れていない。だけど、確認すると本当に鍵アカの中身を相互フォローしていなくても見られるようになっていた。

なんだかあっという間に願いが叶ってしまって拍子抜けしてるくらいだ。私はすぐに画面をタップしてみんなのつぶやきを確認した。

【今日例の人は中学の友達と遊びに行くらしい】

【そもそも友達とかいるの？】

【わざとプリ撮ってきてよって言ったw】

【絶対撮ってこないwってか、うちら以外といるところなんて見たことないし】

早織のつぶやきにコメントしていたのは谷野ちゃんだった。

……鍵アカを隠されていた時点で予想はしていたけれど、いざ書き込みを目《ま》の当たりにしてしまうとやっぱりショックだった。

もちろんつぶやきは今日だけではない。

指をスクロールさせてさかのぼると、次々と私に関する書き込みが出てきた。

【ってか、なんであいつだけ星野くんにフォローされてんの。ウザー】

【ドリンクバー係がいると楽w】

【たまにつけまつ毛浮いてる時あるよね。みんなで笑いこらえるの必死だわ】

璃子の鍵アカには彼氏や家族への愚痴《ぐち》もあったけれど、面白おかしくつぶやいているのは私のことばかりだった。

鍵付きのアカウントは二か月前からあったようで、三人は日常的に私のことをあれこれと言っていた。

知らないって本当に怖い。

みんな表では親しい素振りをしていても、裏ではまったく違うことをつぶやいている。

私が三人と差を感じていたように、きっと三人も私のことをいつも下に見ていた。

わざと私の知らない話題で盛り上がり、SNSの中ではつねにバカにしていたのだと思う。

さらに璃子の書き込みをスクロールすると、とある写真が貼《は》り付けられていた。

それは私の中学校の卒業アルバムの写真だった。

【スッピンヤバい。詐欺《さぎ》すぎる】

【地味を通り越してオタクじゃん】

【典型的な高校デビュー】

そんなつぶやきを見て、前に教室でスマホの画面を見ながら笑っていた理由はこれだったんだとわかった。

……どこから卒アルの写真なんて手に入れたんだろう。

みんなで見せ合いっこしようと誘われても、必死で隠していたものだったのに。

「……自分が暗くてブスなことなんて知ってるよ」

だからこそメイクを何時間も研究したりして努力してきた。

でもどんなにがんばったって、私はあの三人みたいにあかぬけたりはしない。

「その子たちは若菜の友達なの？」

気づくと、まつりがスマホの画面をのぞき込んでいた。

「友達……だと思ってたけど」

「かわいそうな若菜。知らないところで悪口を言われて傷ついたんだね。友達がほしいなら、私が作ってあげようか？」

「え？」

「十人？ 百人？ 千人？ 若菜は何人の友達がいればいい？」

「……そんなの……わかんない」

小さな声で答えると、まつりは不満そうに口をとがらせて再びブランコに乗ってしまった。

まつりを呼び出してから一週間が過ぎていた。

まつりは四六時中、私の周りをうろちょろしているだけで害はない。人に憑かないと四番目の交差点から離れられないと言っていたので、自由に動ける状況を楽しんでいるようにも見えた。

そんな中で、私は今まで以上にSNSのチェックがやめられなくなった。

クラスメイトや同級生のアカウントはもちろんのこと、璃子たちがなにをつぶやいているのか一分一秒も見逃したくなくて、つねにスマホを握りしめているようになった。

「ねえねえ。若菜。数学の課題ってやった？」

まさか鍵アカを見られていると知らない三人は、今までどおりに話しかけてくる。

「やったよ。写す？」

「うん。写す！　もうマジで若菜がいると助かるよ。今度なにかおごるね！」

どんなに調子のいいことを表で言ったって、裏では私のことを悪く言っている。

だけど、私は自分からグループを抜けることはできない。

……そんな、勇気はない。

みんなの話に笑って合わせて、気を使って、それでいて鍵アカでは悪く言われていても、ひとりになることが怖いのだ。

【今日は仲良し三人でプリ】

【あいつは誘《さそ》わなかった】

【やっぱりこのメンバーがしっくりくるよね】

誰もいない放課後の屋上で、私は三人のコメントを画面越しで追っていた。

みんな今日は普通にバイバイって帰ったのに、どうやら私抜きで遊びに行ったらしい。

たぶん、自分が知らなかっただけで、今までもこうして仲間外れにされていたんだと思う。

SNSってすごく便利なものだと思っていたけれど、ひとつほころびが生まれるだけでこんなに孤独を感じるものだったんだ。

「若菜のそれって、自己承認欲求って言うらしいよ」

まつりは屋上の貯水タンクへとつながる鉄パイプの上を器用に歩いていた。

「自分の理想としてるイメージと一致しているか。自分は嫌われていないか、それを確認することで安心する。でも若菜の場合はちょっと違うかな。だって、どうせ悪口しか書かれてないのに、それを見ずにはいられない。なんでだろうね?」

まつりがクスリと口角を上げた。

たしかに私は自分が傷つくってわかっているのに、つぶやきを見ずにはいられない。鍵アカをのぞけなかった時より、今のほうがみんなの本音が気になってしまい、寝ても覚めても頭はSNSのことばかりだ。

「そんな画面の中の鍵を開ける手伝いじゃなくて、私はもっと別の面白いことを願ってほしいな」

まつりはそう言って、鉄パイプからジャンプをした。

セーラー服のスカートがひらりと揺れたあと、手すりに寄りかかるように座っていた私の元に近づいてきた。

「面白いことって?」

「若菜のことを悪く言ってる子たちがされて困ることをしちゃうとか」

考えてみれば願いに制限なんてないのだから、こんなスマホの画面ばかりを気にしてる必要はないのかもしれない。

　でも私は……。

「ねえ、さっきから誰としゃべってんの？」

　ハッと声がしたほうに視線を向けると、高さのある貯水タンクの影に人の姿があった。

　その人物はスッと立ち上がって、階段を使わずに飛び下りる。

「危ない……っ」

　とっさに声を出したけれど、彼女は平然と屋上のコンクリートの上に着地した。

「別に危なくないよ。いつもやってるから。で、誰としゃべってたの？」

　貯水タンクのそばにいたのは、私がひそかにカッコいいと憧《あこが》れていた泉谷さんだった。

　おそらく私が屋上に来る前から泉谷さんはここにいたのだろう。

　それできっと、周りには認識されないまつりと話している姿を見られてしまっていたに違いない。

　どうしようと、不自然なくらい目が泳ぐ。それでもなんとかごまかさなきゃと、口から出てきた言葉は……。

「あ、えっと、ひとり言《ごと》だよ」

まさか鍵アカを見るために幽霊高校生のまつりちゃんを呼び出した、なんて説明はできない。

「ずいぶん大きなひとり言だね。ちょっとヤバいよ」

「う、うん。気をつける」

同じクラスメイトだけど、泉谷さんとまともにしゃべったのは初めてだ。

和美人って感じのイメージがあったけれど、泉谷さんの口調はすごくサバサバとしていた。

男の子みたいにペットボトルの炭酸を一気に半分まで減らして、大胆にあぐらをかいている。

「飲む？」

私の隣に座るなり、ペットボトルを差し出してきた。

「え、ううん。炭酸は苦手で……」

「えー嘘。意外」

いや、泉谷さんのフレンドリーさのほうが意外だよ。誰とも馴《な》れ合わないから、てっきり無口な人だと思っていた。

「こんなところにひとりでいるなんて、いつも一緒にいる友達とケンカでもしたの？」

「……して、ないよ」

私は歯切れ悪く答えた。

SNSと現実は密につながっているけれど、上手く切り離すこともできる。だから鍵アカで悪く言われているけど、表ではひとりぼっちになっていない。

仲間外れにされているけれど、まだ大丈夫。

そう思いたい自分がいる。

「ねえ、この子誰？　若菜の友達？」

まつりはこっちがドキドキしてしまうほど、泉谷さんの顔を至近《しきん》距離で見ていた。

さすがに会話を返すことができないので、小さく首を振ると「つまんないから、また遊んでくる」と言って、貯水タンクがあるほうへと行ってしまった。

ホッとしたのもつかの間に、今度は泉谷さんが私の手の中にあるスマホの画面をのぞき込んできた。

「へえ。それって友達の裏アカってやつ？」

「わっ、ちょっと……」

「見せてよ」

泉谷さんは許可なく私のスマホを取ってしまった。

「はは。こんなこと言ってんのに、よく学校でおはようとか平気で挨拶できるよね」

泉谷さんはそう言って、璃子と早織と谷野ちゃんの鍵アカを次々と確認していった。

流れ作業のように動かしている指を見て、図々しいというか、私のほうが呆気《あっけ》にとられてしまって、スマホをうばい返すことも忘れてしまった。

「はい。ありがとう。久しぶりに面白いものを見たよ」

しばらくして、ようやくスマホが戻ってきた。

面白がっている彼女にムッとしながらも、同情されなかっただけマシかと心を落ち着かせた。

「泉谷さんは、いつもひとりだよね」

だから、こんなにさっぱりとした性格の人だとは思わなかった。

「うん。ひとりだよ。友達になりたいと思う人もいないし」

「え……なりたい人がいないから友達を作らないの？」

「当たり前じゃん。じゃあ、日比野さんは目の前に嫌いな食べ物があったら、わざわざ食べるわけ？」

「それは……食べない、けど」

「でしょ？」

こんなにも頭をガツンと叩《たた》かれたような衝撃《しょうげき》は初めてかもしれない。

だって私は、ひとりになりたくないから璃子たちと友達になった。

それがたまたま派手な属性の人たちで、自分の性格や価値観とは真逆にいるけれど、向こうが声をかけてくれて、友達の中に入れてくれてラッキーとさえ思っていた。

一度グループに入ってしまえば、抜けることはできない。抜けたところでほかのグループに入ります、なんてこともできないし、学校生活では少し行動を間違えただけで命取りになる。

スタートダッシュが肝心だと、入学前にいくつものシミュレーションをして、念願叶ってやっと友達ができたと思っていたのに……。

なんでこんなことになっちゃったんだろう。

ただ仲良くしたかっただけなのに、気づけばいつも私は一歩うしろにいて、捨てられないようにニコニコするだけの存在になっていた。

そういう気持ちを、あの三人にはとっくに悟《さと》られていたのかもしれない。

「泉谷さんは……自分が周りからどう思われてるのか怖くないの？」

私はぎゅっとスカートを握りしめた。

クラスメイトがひそひそと泉谷さんのことを悪く言ってることは耳に入っていると思う。

璃子だって露骨《ろこつ》に彼女のことを毛嫌いしているし、冷めた視線だって相当感じているはずだ。

「えー怖いっていうか、ウザイかな。気に食わないなら放っておいてよって感じ？」

「…………」

「あ、でもそれなりにストレスは溜《た》まるよ？　だから私もほら」と、見せてくれたのは泉谷さんの鍵アカだった。

「人のことっていうより、私は自分の気持ちをつぶやいてる。まあ、病みアカってやつかな。学校面倒くさいとか、ダルいとか眠いとか。吐き出すのにちょうどいいから使ってるだけ」

「読んでもいいの？」

「いいよ」

泉谷さんはちゅうちょなく自分のスマホを渡してくれた。たしかに泉谷さんの鍵アカのつぶやきはネガティブなことばかりだった。

「日比野さんも作ればいいじゃん」

「え？」

「言えないなら、書けばいいんだよ」

そう言われた瞬間に、なぜか心が軽くなった。

その日以来、私は泉谷さんと屋上で話すようになった。

流行りのことや恋愛話ではなく、ただの他愛《たあい》ないやり取りでも泉谷さんと話していると時間を忘れるくらい楽しかった。

それはきっと会話の中に嘘がないからだと思う。

彼女に勧《すす》められたとおり、私はこっそりと鍵アカも作った。

もちろんユーザー名やアイコンもバレないように適当なものにした。

泉谷さんの病みアカと共有できるようにと、相互フォローしたので、私の鍵アカの存在を知っているのは彼女だけ。

「ねえ、聞いて。今度、彼氏と旅行に行くんだ！」

「えーうらやましい。私なんてこの前誘ったら、またお母さんに聞いてみないとって言われたよ」

「早く別れたほうがいいよー。彼氏なんか作るより、今どきパパ活したほうが絶対に得だよ」

教室では今日も三人は恋愛話で盛り上がっていた。みんなの話を聞きながら、私は机の下でスマホを打つ。

【彼氏と旅行って……合コン行きまくってるくせに】

【マザコン彼氏と離れられないのは自分でしょ】

【パパ活とかマジで引く】

本人たちに言えないことを鍵アカでつぶやくと、胸がスカッとした。

チラッと泉谷さんの席を見ると、私のほうを見て微笑んでいた。

泉谷さんの病みアカのフォローとフォロワー数は私と同じで1。

ふたりだけしか知らない秘密を共有していることで、運命共同体のような不思議な気持ちになっていた。


そして、放課後。私は璃子たちにまた食べ放題に誘われた。

今日はランチではないので値段も高いし、なによりどうせ行ったところでドリンクバー係をやらされるだけだということはわかっている。

「ごめん。晩ご飯は家で食べなくちゃいけなくて……」

私は勇気を出して初めて誘いを断った。

「マジか。わかった。また今度ね」

「う、うん。バイバイ」

すんなりと受け入れられて、璃子たちはそのまま教室を出ていった。

はあ……と胸をなで下ろしたあと、すぐに不安になってみんなの鍵アカをチェックした。


【夜ご飯は家でw】

【小学生かよ】

光の速さで嫌味が書き込まれていた。

私が彼女たちに言えないことをつぶやくとすっきりするように、きっと私のことをいじることでなんらかのストレス解消になっているのだと思う。

百歩譲って、私のことをつぶやくのはまだいい。

でも卒アルの写真を載せたりするのは本当にやめてほしい。

なぜかこの前も中学の体育祭でひとりぽつんと浮いている写真がアップされていて、どこから手に入れたのだろうと調べると、璃子の交流関係の中に私と同中の人がいることがわかった。

せっかく知り合いがいない学校を選んでも、スマホさえあれば簡単につながってしまう。

便利だけど、同時に凶器でもあると思う。

「写真とかをさらされるのって、今はデジタルタトゥーって呼ぶんだってね」

誰もいなくなった教室で、まつりは教壇《きょうだん》の上で足を組んでいた。

一度SNSに公開されてしまうと、きれいに削除することはできないと言われている。

「まあ、鍵アカの中だけで小さく楽しんでるぶんにはまだ可愛いほうかもね。私だったらもっとすごい写真を上げて泣かせちゃうかもしれないなー」

まつりはいつも軽く言うから、本気なのか冗談なのかわかりづらい。

私はまつりの話を流しつつ、ちらっと泉谷さんの席を見た。すでにカバンはなくて、どうやら帰ってしまったようだ。

「泉谷さんと話したいな。知りたいな。放課後なにしてるのかなー」

「ちょっと、人の心を読まないでよ」

「えー人の心なんて読めないよ？　あ、人の心が読めますようにって、私に願ってよ。絶対にみんな真っ黒だよ。面白いよ、きっと」

まつりは本当に無邪気というか能天気《のうてんき》だ。

なんにも考えていないように見えるけれど、私を油断《ゆだん》させるためにわざと演じているんじゃないかと感じることもある。

「人の心なんて読めたら余計に自分が疲れるだけじゃん」

「えー若菜って、本当につまんない」

まつりがわざとふてくされたような顔をした。

まつりいわく、願いをひとつしか言わない人はめったにいないらしい。

みんなあれこれと、怖い願いを言ったりもするそうだ。

「まつりちゃんは……なんで四番目の交差点の幽霊になったの？」

「幽霊になる理由なんてひとつだよ」

「死んだってこと……？」

「そうだよ」

「なんで……」

たずねた瞬間にガラッと教室のドアが開いた。

タイミングよく先生が「部活動以外の生徒は早く帰りなさい」と注意してきたので、それ以上は聞けなかった。

次の日。いつもどおりの時間に起きて学校に向かった。

すでに璃子と早織と谷野ちゃんが机を囲んで話していたので声をかけると、なぜか三人が鋭《するど》い目をして睨んできた。

「ど、どうしたの……？」

不機嫌なことがあったというより、私に怒っているような空気だった。

「ちょっと話があるから来て」

璃子にそう言われて、私たちは教室からひとけのない校舎裏へと移動した。

三人は相変わらず怖い顔をしていて、自分の心臓がずっとうるさく鳴っている。

「アンタさ、私たちの悪口言ってるでしょ？」

最初に口を開いたのは早織だった。

「え、悪口？　言ってないよ」

「は？　嘘つくなよ。裏でうちらのこと、ああだこうだって毎日言ってんの知ってんだよ!!」

璃子は私のことを怒鳴《どな》りつけながら、肩を強く押した。その拍子で壁に激突した私は三人に詰め寄られて、逃げ場をふさがれてしまった。

なにが起きているのか理解できなくて、頭が真っ白になっている。

「ひどいよねー。うちら友達だと思ってたのにさ」

谷野ちゃんも賛同するようにあきれた声を出していた。

「ま、待ってよ。私、本当に……」

「鍵アカを使って私たちのことつぶやいてるくせに、今さらなに言ってんだよ」

……え、鍵アカって……。

口には出してないけれど、たしかに私はSNSの中では三人のことを悪いように書いている。

三人の表情を見て、当てずっぽうで言っているわけではないとわかった。

「な、なんで……私の鍵アカが見れるの？」

今朝も私はつぶやいた。

愚痴ではないけれど、学校が憂鬱だとか、雨が降りそうで最悪とか、その程度。

SNSを開いたけれど、もちろん鍵は外してないし、アカウントの存在も三人には打ち明けていない。

だから三人にバレるはずがないのだ。だって私のつぶやきを見られるのは、たったひとりしかいない。

「なんでって、泉谷のスマホから見たに決まってんじゃん」

その言葉に、血の気が引いていく感覚がした。

「アンタがさ、泉谷になついてることは知ってたよ。こそこそ教室でも目を合わせたりしてさ。うちらのグループにいながら、机の下でスマホさわって悪口書いて、本当に最悪だよ」

璃子は軽蔑《けいべつ》するような目で私のことを見ていた。

突き飛ばされた拍子《ひょうし》にぶつけた背中が痛い。

でもそれ以上に今はもっと心のほうがズキズキする。

「……そっちだって」

「は？」

三人の高圧的な声が重なった。

先に鍵アカを使って悪口をつぶやいたのは璃子たちのほうだ。でも反論したってどうせ言い負《ま》かされてしまう。

「……なんでもない」

結局、私はなにも言えないまま、ただ理不尽《りふじん》に責められ続けた。

そして、予鈴が鳴ると同時に校舎裏から解放されたけれど、三人を敵に回した以上、もう教室には戻れない。

……明日からどうすればいいんだろう。

居場所を探すようにして昇降口をうろうろしていると、誰かが遅れて登校してきた。

それは、泉谷さんだった。

「日比野さん、おはよう。こんなところでなにしてるの？」

きょとんとしてる泉谷さんに対して、沸々《ふつふつ》と言葉にできない怒りが込み上げてきた。

「……なんで」

「え？」

「なんで璃子たちに私の鍵アカを見せたの⁉」

静かな昇降口に自分の声が響《ひび》く。

あの三人が私の鍵アカを勝手に見られるはずがない。泉谷さんのスマホから見たと言っていたことがすべての答えだ。

「ひどいよ。泉谷さんのこと信じてたのに……」

信じていたからこそ、自分が思っていたことを全部つぶやいた。

でも、もう終わりだ。

クラスメイトたちだってみんな璃子たちの味方をするだろうし、今さら別のグループにも入れない。

今までひとりにならないようにずっと努力してきたのに、明日から私はひとりぼっちだ。

「なにそれ。なんで私が責められなきゃいけないの？　自分の気持ちをSNSに書き込んだのは自分でしょ」

「でもそれは、泉谷さんがやれって……」

「やれなんて強制してない。そういう方法もあるよって教えただけだよ」

……たしかにそれはそうかもしれないけど、泉谷さんが提案しなかったら私は自分の鍵アカを作ることはなかった。

「だいたいさ、鍵アカの存在がバレたからなんだって言うの？」

泉谷さんは悪びれる様子もなく、開き直ってきた。

「裏で相手のことをさんざん言ってるくせに、表では友達関係を続けたいなんて、そんなの私には理解できない」

怒っていたのは私のほうなのに、泉谷さんの口調のほうが強くなっていく。

「まさか……みんなに見せるために、私に鍵アカを勧めてきたわけじゃないよね？」

「…………」

泉谷さんは否定も肯定《こうてい》もしなかった。

考えてみれば、なんの接点もなかった泉谷さんがいきなり親しくしてきた時点で疑うべきだった。

「ねえ、最初から仕組んだことだったんでしょ？」

「だったらどうするの？」

「……っ、最低、最悪」

私はそう吐《は》き捨てて、その場を去った。

悔《くや》しくて悲しくて、階段下の物陰にうずくまってしゃがみこむ。

「私、バカだ。バカすぎる……っ」

涙が止まらない。

泉谷さんに惑《まど》わされないで、今までどおりの笑顔でみんなに合わせるだけの自分でいればよかった。

そしたら、私の世界はくずれなかったのに。

「若菜、大丈夫？　私がなんとかしてあげようか？」

膝を抱える私と目線を合わせるようにして、まつりも腰をかがめていた。

「その涙を止める？　それとも自分のことを棚にあげて文句を言ってきたあいつらをこらしめる？　もしくは……泉谷さんになにかしちゃう？」

まつりの色素が薄いヘーゼル色の瞳は、直視していると赤色に見えてくる。

「ねえ、早く願ってよ。若菜」

そうだ。まつりに言えばなんでも叶えてくれる。

まつりのことを呼び出した人たちはそうやって、自分自身を救っていく。


私の願いはなに？

三人に復讐《ふくしゅう》すること？

泉谷さんに仕返しをすること？

私の本当の願いは……。


「願わないよね。若菜は。だって、若菜は壊したいんじゃなくて、壊れないものがほしいんだもん」

まつりが見透かしたように言った。

「いつもいつもスマホの中ばかり見て、そこに若菜のほしいものはあったの？　なにもないから、ずっとずっと探すようにみんなのつぶやきを見てたんでしょ」

まつりの言葉がストンと胸に落ちてくる。


中学生の時、私はいつも教室の隅にいた。

あの楽しそうな輪に入りたい。

友達がいるってどんな気分だろうと、遠目からうらやましく思っているだけだった。

私の願いは、たったひとつ。

大勢じゃなくていい。

派手なグループじゃなくていい。

化粧で顔をごまかして、面白くもないのに笑って、嫌なことも嫌とは言えない関係をつなぎとめたかったわけじゃない。

私が望んでいたことは、ＳＮＳの鍵を開けることじゃなく。

ただ、おはよう、バイバイ、また明日、って自然に言えるような、ありのままの自分の鍵を外しても、笑い合える、許し合える、そんな友達がほしかった。

「ねえ、若菜。その手。スマホを打つ以外にもなにか使えるんじゃない？」

「ま、まつりちゃん……」

「願わないならつまらない。だから、もうバイバイ」

徐々に薄れていくまつりの姿。

私はとっさに触れようとした。けれど、それは空気みたいに通り抜けてしまい、彼女は音もなく消えてしまった。

呆然《ぼうぜん》と立ち尽《つ》くす中で、私はじっと自分の手を見つめる。

「…………っ」

本当の願いに気づいた私は、すでに授業が始まっている時間だというのに、階段を駆け上がって屋上を目指した。

……ハア、ハア。

全速力で走ったのは、いつ振《ぶ》りだろうか。

いや、そもそも私は必死になったことなんてなかった。

あきらめていたことのほうが多かった。

どうせ私なんてって、自分で自分のことを否定するだけだった。

でもそれはもうやめる。

ほしいものがあったら、全力で手を伸ばす。

そんな、自分でいたい。

「泉谷さん……っ‼」

息を切らせながら、勢いよく扉を開けた。

その先には屋上からの景色を眺めている泉谷さんがいた。

「なんでここにいるってわかったの？」

「ハア……だって、泉谷さんなら絶対にここだって思ったから」

私は呼吸を整えながら、ゆっくりと彼女に近づいた。

肩を並べるように隣にいくと、泉谷さんは手すりをぎゅっと握った。

「私、スマホ盗まれたんだ」

風に乗って届いてきた真実。

「たぶん日比野さんの鍵アカを見るために、あいつらがやったんだと思う」

「ごめんなさい、私……」

「ううん。私もさっきはムカついたから。疑《うたが》われたことじゃなくて、そんなにあの人たちのことが大切かなって」

たしかに私は、明日からひとりになってしまうことが怖かった。

だから、なんで見せたのって泉谷さんを責《せ》めた。

でもそれって、見られなかったら、ずっと璃子たちと友達でいられたのにって言ってるのと同じだ。

鍵アカで私だってみんなのことを悪く言ってたのに、まだつながっていたいなんて……泉谷さんがムカつくのは当然のこと。

「私、大切じゃないよ。あの三人のことなんて、全然大切じゃない」

やっとわかった。本当の気持ち。

明日からの風当たりは冷たいかもしれない。

今まで以上にあの三人から陰で悪口を言われたり、書かれたりするかもしれない。

でも、不思議と今は心がスッキリしている。だって私は……。

「私が大切にしたいのは、泉谷さんだから！」

届くように、精いっぱいの声を出した。

ずっとカッコいいと思っていた。

凛として、誰にも媚《こ》びない。

そんな泉谷さんに憧れていた。

「私、泉谷さんと友達になりたい。私は泉谷さんにとって、友達になりたいと思う人になれますか？」

ＳＮＳに自分の気持ちを打つのではなく、ちゃんと口に出して言う。

そんなことさえ、今までできていなかった。

「もうなってるよ」

泉谷さんが優しく笑ってくれた。

それを見て、今度はしょっぱい涙じゃなくて、嬉しい涙があふれた。

今日から、いや、この瞬間から。

偽ることのない本当の自分でいよう。

取りつくろった笑顔も関係も、もういらない。

「友達記念だね」

泉谷さんが手を差し出してきた。それに応《こた》えるようにして私は両手で彼女の手を握った。

スマホを打つだけの毎日だったら、人との握手がこんなに暖かくて優しいってことも、私は知らないままだった――。

＊　＊　＊

「あーつまらない。つまらないなあ」

四番目の交差点に戻った私は、ガードレールに腰かけて足をバタバタとさせていた。

日比野若菜は、願いを叶えた代わりに今までのつながりを失った。

どんなことをしてもすがりたかった世界。

でもそれと引き換えに彼女は、なにをしても壊れないたったひとつのものを手に入れることができたのかもしれない。

スマホの中にある小さくて広い世界。

もし壊れない唯一のものがほしいと願うなら、顔を上げてみたらいい。

案外、大切なものはきみの近くにあるかも、なんてね。

第二幕　幸せになりたい

きっと生まれた時から人生のランクづけは決まっている。

だから私が幸せになることなんて一生ない。


「お疲れさまでした」

朝から入っていたバイトを終える頃には、体は油の匂いでベタついていた。

私こと高橋亜美《たかはしあみ》がこの飲食店で働き始めたのはちょうど一年前。

同級生たちが高校受験を控えている最中、私はがっつりと稼《かせ》げるバイト先を探していた。

週五日で時給は能力に応じて上がっていく制度もあり、今では当初の時給より四十円もアップした。

「亜美ー！」

店を出て歩いていると、誰かに肩を叩かれた。振り向くと同じ店でバイトをしている未来《みく》がいた。

「あれ、今日シフト入ってたっけ？」

「ううん。駅前に新しくできたカフェに今から行こうと思って、この道を通ってただけ。時間あるなら一緒に寄っていこうよ。ごちそうするから」

「うーん」

チラッとスマホの時計を確認すると、まだ少しだけ余裕があったので未来と一緒にカフェに行ってみることにした。

「うわ、なにこれ。美味しい……！」

私は未来と同じタピオカミルクティーを注文した。

オシャレな店内はアジアンテイストになっていて、次々と学校帰りの女子高生たちが入ってくる。

「うちのバイト先にもタピオカミルクティーあるじゃん」

「あるけど、わざわざ飲まないよ。従業員割引使って食べたり飲んだりしてる人もいるけど、たかが三十パーセントしか安くならないし」

だから私はいつも家からおにぎりを持参している。せっかく働いたお金を自分の食費には使いたくない。

「亜美って本当にしっかりしてて偉《えら》いよね」

未来はそう言って、いい匂いがする髪の毛を右耳にかけた。

未来は私と同じ十七歳の高校二年生。

キッチンで料理を提供してる私とは違って、未来はホールで接客をしている。

元々社交的な性格でもないので、バイトでは黙々と仕事だけをしてきたけれど、そんな私に未来から声をかけてきてくれた。

同い年で、しかも高橋という名字が一緒。

そんな縁もあって、今では時間が合えばこうしておしゃべりすることもめずらしくない関係になった。

「今日はこれから学校？」

「ううん。単位足りてるから、今はバイト優先で学校は週三くらいしか行ってない」

「夜間の学校って楽しそうだよね」

「楽しくないよ。隣の席の人なんて五十代のおじさんだよ」

「えーそうなの？」

名字は同じでも、私と未来は全然違う。

私は経済的理由で、高校は夜間の定時制を選んだ。

夕方から四時間の授業を受けて、四年間で高校卒業の資格が得られるシステムだ。

クラスメイトの年齢はバラバラで、制服はない。

一応クラブ活動や生徒会はあるけれど、私は所属していないので、定時制での人づき合いはほとんどないに等しい。

中学からの友達はもちろん未来のように全員全日制。連絡はたまに取ったりしてるけれど、生活のサイクルが違うので最近はめっきり会わなくなってしまった。

「亜美がバイト休みの日っていつ？　おごるからパンケーキでも食べにいこうよ」

定時制というだけで偏見《へんけん》を持たれることも少なくないのに、未来はいつも遊びに誘ってくれる。

今はオシャレとは無縁で、バイト三昧《ざんまい》の日々だけど、未来と話していると忙しさも忘れてしまうくらい癒《いや》されている。

「じゃあ、また明日ね！」

このあと用事がある私に合わせて、未来も早めに家へと帰るそうだ。

カフェを出た私は時間を気にしながら、少し早歩きをしていた。

風で髪の毛がなびいても未来みたいに、いい匂いなんてしない。

頻繁に美容院に行かなくてもいいようにと、髪はばっさりと短くしてしまったし、洋服だって同じものを着回している。

メイクもオシャレも興味がないわけではないけれど、今の私には必要のないものだ。

「あ、お姉ちゃん！」

パンダのイラストが描かれた保育園を訪れると、四歳の妹が元気にかけ寄ってきた。

「今日ねんど遊びしたんだ！」

「そうなの？　わっ、園服にねんど付いてるじゃん！」

爪でこすってみても乾《かわ》いてしまっていて取れない。

また今日も手洗いしないとダメか……とため息をつきながら、妹と手をつないだ。

閑静《かんせい》な住宅街を通り過ぎて見えてきたのは、同じ建物が五棟《とう》並んでいる公営住宅の団地だった。

誰でも入居できるわけではなく、収入が低くて住居に困っている人を対象とした住宅になっている。

「ただいま」

ガチャリとドアを開けると、すぐに弟が飛んできた。

「お姉ちゃん、お腹すいた！」

今朝掃除機をかけてから出掛けたというのに、また家の中が散らかっている。

「待って。今作るから」

「炊飯器の中が空っぽだよ」

「えー」

確認するとお釜《かま》は昨日のままになっていて、洗うのも忘れてしまっていた。

内釜にはお米を炊く時に出る白い膜が、ねんどよりも頑固にこびりついている。

再び深いため息をついたところで、居間からお母さんが気だるそうに起きてきた。

服装は、夕方だというのにパジャマのままだった。

「寝てたの？」

「うん。ずっと頭が痛くて」

「お米ぐらい炊いといいてくれたらよかったのに」

「ムリよ。一日中布団から起き上がれないくらい、つらかったんだから」

そう言って、お母さんはコップ一杯の水を飲んだ。

台所の棚に置かれた薬は減っていない。

病院で処方されている薬は大きくて飲みづらいと、あれこれ理由をつけては毎日ただ横になっているだけ。

うちの家族構成は、妹の由美《ゆみ》と七歳で小学二年生の悟史《さとし》、そしてお母さんの四人暮らし。

父親は由美が生まれてすぐに蒸発してしまった。

そんな身勝手な父親に代わってお母さんがムリな生活をしたことで体調不良になり、うつ病と診断された。

現在は生活保護と私のバイト代でなんとか生活をしてる状態。

お母さんは病気のせいでなにもできないので、保育園の送り迎えはもちろんのこと、お腹を空かせた弟たちにご飯を作ってあげるのも私の役目だ。

毎日、掃除洗濯家事育児に追われてバイトに向かい、晩ご飯の支度をしてから、夜間の学校へと通う。

ひと息つく暇もない毎日に、体も心も限界な日はある。

けれど、この生活から逃れることなんてできない。

「お姉ちゃん、ご飯！」

「お姉ちゃん、おしっこ！」

だって、私はこの家の長女だからやるのは当たり前だ。むしろ私がやらなかったら生活は成り立たない。

妹や弟にせがまれている私を横目に、お母さんは「また寝るね」と言って居間に行ってしまった。

自分なりに母の病気のことは理解している。

がんばれという言葉が禁句なことも。

でも家の片付けもしない。ご飯も作らない。弟と妹の面倒も見ない。

ぜんぶ私が母親代わりをしなきゃいけない環境には慣れたけれど、たまにすべてを投げ捨ててしまいたい気持ちになったりする。

それから晩ご飯を作って、ふたりをお風呂に入れて、たまっていた洗濯物を干し終わった頃には日付が変わっていた。

明日は由美のお弁当の日だし、そういえば悟史は学校から歯科検診の紙が来ていたはず。

バイトは早番だし、覚えなきゃいけない新メニューの確認もまだできていない。

本当に毎日毎日、やることが多すぎる。

それでも私は、もらった給料を自由に使ってストレスを発散することもできない。

外ですれ違う同い年の子は、オシャレをして遊んで恋もしてる。

仕方ないとあきらめていることのほうが多いけれど、本当は私だって普通の高校に通いたかった。

こんなに不幸で楽しくない十七歳は私ぐらいだと思う。

次の日。悟史を学校に送り出して、由美を保育園に連れて行ったあと、私はバイトに向かった。

今日は料理の下ごしらえをするスタンバイもやらないといけないので、保育園から猛ダッシュをした。

着く頃には汗がにじんでいて、そのうえキッチンは一年中暑い。

スタンバイは予定どおりにできたけれど、いつも一緒に働くことが多いパートのおばさんが休みだったので、さらに忙しくて休憩《きゅうけい》も取れなかった。

「大丈夫？　疲れてるね」

夕方。やっと仕事が終わってロッカールームで着替えていると未来に会った。

「疲れたよ。めちゃくちゃ混んだ」

「そうなの？　今はけっこう空いてきたみたいだよ」

未来は私と入れ違いでこれからバイトのようだった。と言っても、彼女は基本的に学校が終わってからバイトに入るので、時間にして三時間程度だ。

汗でひどいことになっている私とは反対に未来は今日も可愛くて、接客をするために化粧を直していた。

「っていうか、その鏡すごいね」

未来が見ていた手持ちタイプの鏡の周りが、まぶしく光っている。

「女優鏡だよ。ライト付きの」

「そんなの売ってるの？」

私なんて手鏡すら持ってないというのに。

テーブルに置かれている未来の化粧ポーチは、見るたびに変わっている。

リップもアイシャドウもアクセサリーもバッグもたくさん持っていて、バイトの人が「新作いいなー」とうらやましがっているので、未来は新しいものがでるたびに買い揃えているんだと思う。

「未来の家ってお金持ちなの？」

組まれているシフトから計算すれば、だいたいもらっている給料は計算できる。どう考えても、そのお金だけじゃこれだけのものを買うことはできないはずだ。

「んー普通だよ。ママは専業主婦だし、パパは銀行で役員してる」

銀行員って、エリートじゃん。

未来の性格や容姿から想像するに、両親もきっと華やかな人たちに違いない。

「あ、ごめん。スマホ鳴ってる」

まだバイブ設定にしていない未来のスマホにメッセージが届いた。画面を見るなり嬉しそうに顔を緩《ゆる》めたので、おそらく送り主は彼氏だと思う。

たしかその彼氏はひとつ年上だって聞いた。前に写真を見せてもらったことがあるけれど、ものすごくイケメンだった。

……彼氏か。いいな。

ほとんど同じ毎日を過ごしているので出逢いなんてないし、そもそも身だしなみに気をかける余裕もない私のことなんて、誰も恋愛対象として見ないだろう。

「亜美はこれから妹のお迎えでしょ？」

「うん。で、そのあと学校」

まあ、その前にご飯の支度もあるけど。

「髪の毛くらい整えていきなよ」

そう言って未来は、ボサボサの私の髪の毛をさわってクシでとかしてくれた。

「油臭いでしょ」

「仕方ないよ。亜美ががんばった証拠じゃん」

未来は可愛いだけじゃなくて、優しくて性格もいい。バイト仲間の人たちにも好かれているし、友達もたくさんいる。

「じゃあ、私もう行くね！」

未来はホールの制服に着替えて、ロッカールームを出ていった。

……未来って、なんかすごくキラキラしている。

同い年なのに、なんでこうも違うのかな。

なにひとつ持っていない私とは違って、未来はなんでも持っている。

それが、たまらなくうらやましかった。

それから数日が過ぎて、今日は週末の日曜日。

バイトは休みだけど、起きる時間もやることも変わらない。ゆっくりしたいと思っても、休日は悟史と由美が家にいる。

「ほら、できたよ」

「わあ……美味しそう！」

お昼ご飯にふたりの大好きなチャーハンを作った。休日でもこうして妹たちの世話で一日が終わってしまうので、自分の時間はない。

ふたりはよほどお腹がすいていたのか、チャーハンをがっつくように食べていた。

悟史はもう大人と同じ分量の食事をするし、由美だってずいぶんといろいろなものを食べるようになってきた。

その成長は姉としてすごく嬉しいけれど……正直、食費はかなりかかる。先月に買ったお米がもうない。

……どうしようと肩を落としながらも、姉弟たちのせいではないと気丈に振る舞った。

「ねえ、チャーハン食べる？」

私は静かにお母さんが寝ている居間のふすまを開ける。

「うーん」

気だるい返事をしたあと、お母さんはゆっくりと起きてきた。

「亜美は食べないの？」

「……あーうん。あんまりお腹すいてないから」

「そう」

本当はお米が足りなくて自分のぶんまでは作れなかった、とは言えない。

まあ、夕方にはスーパーに買いにいく予定だし、一食抜いたからと言って死ぬわけじゃない。

「由美ね、食べたら公園に行きたい！」

「あ、俺も！」

お腹がいっぱいになると遊びの思考に切り替わる妹たち。

団地の近くには子供が集まる公園がある。こぢんまりしてるけれど遊具もあるので、由美や悟史が大好きな場所だけど……。

「あとでスーパーに行くから、それまでは家にいようよ」

日曜日の公園は好きじゃない。

子供だけじゃなくて保護者もいるから、よく由美や悟史と友達の親に会う。

口には出さなくても、近所の人たちはうちの家庭事情のことをなんとなく察している。

父親が蒸発したことも、母親が精神的な病気にかかっていることも、私が夜間の定時制に通っていることも。

だから見知った人に会えば「大変ね」と声をかけられることも珍しくない。

私を労《ねぎら》ってるわけでもなく、家庭環境のことを心配してるわけでもなく、みんな新しい情報が知りたいだけ。

お母さんは今どんな様子なのか。

ちゃんと生活はできているのか。

食事はどうしているのか。

そんなの大きなお世話なのに、みんなが私のことを変わった目で見る。

「絶対に公園に行きたい、行きたい、行きたい！」

由美のワガママがはじまった。

悟史はだいぶお兄さんになってきたから、言って聞かせれば困ることは言わなくなった。でも、四歳の由美はちょうどイヤイヤ期なので、なおさら最近は手を焼く。

「スーパーに行ったらお菓子ひとつ買ってあげるから」

「やだ！」

「ベランダでシャボン玉でもしよう？」

「じゃあ、シャボン玉してから公園に行く！」

それじゃあ、意味ないじゃんと言い返す気力もない。

たぶん、家にいてもオモチャがあるわけじゃないから暇なんだろうな。

悟史もサッカーボールを友達にもらったけれど、広いところに連れていってないから、思いきり蹴《け》ることもできない。

「ねえ、お母さん。たまにはふたりを公園に連れていけない？」

ワガママを言う妹と、ワガママを言うことを我慢してる弟と、ため息ばかりが増える姉。

そんな私たちの会話を聞いているっていうのに、お母さんは黙々とチャーハンを食べてるだけ。

「無理よ。人がいるもの」

「でもいいきっかけになるかもしれないよ。ママ友とかいたらおしゃべりもできるし、外に出掛ける用事も増えるかも。由美と悟史も言わないだけでお母さんと公園に行きたいって思ってるし、長い時間じゃなくても少しずつ……」

「今度行くわ」

「…………」

今度、今度って何回目の今度？

お母さんが外に出られない病気だとしても、抜け出す方法はきっとある。

人に会いたくないなら、人がいない時間に出掛けるとか、近所の周りを一周するだけの散歩でもいい。

少しでもお母さんが病気を治そうとしてくれたら、私だってがんばろうと思える。

でもお母さんは変わることをあきらめている。

それなら、ずっとこのままなの？

お母さんは家に引きこもって、私は外に出て働いて。

悟史や由美の世話をして、自分の時間は一秒もない。

私だってやりたいことがあるのに。

まだ十七歳なのに、なんでこんなに我慢しなきゃいけないの？

そんな不満もお母さんには言えば病気を悪化させるだけなので、私はしぶしぶ妹たちを公園へと連れていった。


予想どおり公園には人がたくさんいた。

日曜なのでお父さんの姿も多くあり、あちこちに幸せな家族の形があふれている。

由美も悟史も、うちにお父さんがいないことはちゃんと理解している。

そのうち私のように、自分の家が普通の家庭よりも下の生活をしているということに気づくだろう。

幸せそうな人たちをさけるようにして、私たちは公園の隅で遊ぶことにした。

由美は小さな砂場でトンネルを掘り、悟史は壁に向けてサッカーボールを蹴っている。

私はそんなふたりを見守りながら、せっせとエサを運ぶアリを見つめていた。

「……亜美！」

と、その時。誰かに名前を呼ばれた。

タタタッという足音が聞こえると同時に、白いワンピースを揺らした女の子が走ってきた。

「え、み、未来？」

「ハア……やっぱり亜美だ！ たまたま公園の横を歩いてたら亜美っぽい人を発見してね。絶対そうだって走ってきちゃったよ！」

未来はデート帰りだったのだろうか。髪の毛を三つ編みにして、ウェッジソールのサンダルを履いていた。

「わあ、可愛い！ 亜美の弟と妹？」

「う、うん」

未来の前で姉弟の話をすることはあるけれど、厳しい生活をしてることはもちろん言っていない。

公園からは私たちが住んでいる団地が見える。

あんなところに住んでいるなんてバレたくない。

「こんにちは。お名前教えて」

未来が妹たちに声をかけた。

「由美」

「悟史です」

「由美ちゃんに悟史くんね。私も一緒に遊んでいい？」

未来はワンピースが地面について汚れることも気にしないで、砂にさわり始めた。

「み、未来、汚れちゃうよ？」

「はは。いいよ、別に」

明るい未来の笑顔に、由美たちはすぐに心を許した。

未来は由美と一緒に砂のお城を作ったり、悟史のサッカーボールのパスの相手をしてくれた。

久しぶりに全力で遊んでもらって、由美も悟史も本当に楽しそうだった。

「未来、ありがとう」

夕暮れになると、公園にいた人たちも少なくなった。

私ひとりだったら、きっと由美たちもあきてしまって夕方まで遊ぶことはできなかったと思う。

「ううん。私もすごく楽しかった！」

未来のことをすっかり気に入ってしまったふたりは、勝手に「また遊ぼうね」と約束までしていた。

……ふたりがこんなに笑ってるの、久しぶりに見たかも。

だって私は妹たちと遊ぶことは正直、面倒だと思っている。

本当は休日に家でのんびりしたいし、なににもしばられずに解放されたい気持ちのほうが強い。

「私、ひとりっ子だから兄弟がいてうらやましいよ」

銀色の金具がついている可愛いリュックを背負いながら未来が言った。

「私はひとりっ子のほうがよかったよ」

「なんで？」

「家に帰ればお姉ちゃんだからって家事もしなきゃいけないいし。お母さんは病気だから学校も自由に選べなくて、バイトもほぼ毎日入ってる。本当に、本当にいいことなんてないよ……」

たまっていた気持ちを吐き出すように、つい本音を言ってしまった。

「そんなに大変なら……私と人生を交換してみる？」

「え？」

「なんて、そんなことできる方法はないんだけどね」

未来はそう言って笑った。

私に同情して言ってくれたのかはわからない。

でも未来と人生を交換できたら……それは本当に夢のような出来事だ。

未来になれたら、私があきらめていたものがすべて手に入る。

ただの空想だとしても心が踊った。

「も、もし本当に交換できる方法があったら、私が未来になってもいいの？」

そしたら私は普通になれる。

学校に行って、友達と遊べて、恋もできる。

いちいちお金のことを気にしなくてもいいし、バイトだってお小遣い程度でかまわない。

専業主婦のお母さんがいて、銀行員のお父さんがいて、誰の世話もしなくていい悠々自適《ゆうゆうじてき》のひとりっ子生活。

もしそんなことが本当に叶うのなら……。

「うん。いいよ。亜美が私になっても」

未来の言葉を聞いて、私はゴクリと唾《つば》を飲み込んだ。

こんなにも欲望が沸《わ》き上がってくる理由はひとつ。

それは夢でもなんでもなく、未来と人生を交換できる方法を知っているからだ。

今まで何度か訪れたことがある噂の場所。

幸せになりたい。お金持ちになりたい。

そんな願いを叶えてほしくて頼ろうとしたけれど、怖くなって結局やめてしまった過去がある。


私は未来と別れたあと、由美と悟史を家に置いてひとりで出掛けた。

向かったのは、幽霊高校生のまつりちゃんに会えるという四番目の交差点だった。

彼女の噂は一年ほど前から人づてに聞いていた。

名前は萩野まつり。年齢や正体は不明とされているけれど、とある高校のセーラー服を着ていて、四番目の交差点で死んでしまった幽霊だそうだ。

噂を聞いた時はただの作り話だと思っていたし、霊感はひとつもないので霊の存在自体信じてはいない。

けれど、まつりちゃんと呼ばれている彼女はただの幽霊ではない。

もしも呼び出すことができれば、なんでも願いを叶えてくれるそうだ。

それが本当なら、幽霊じゃなくて私にとっては魔法使いだ。

もう私の中に怖さはなかった。それどころか交差点に向かう足は軽やかで、はやる気持ちばかりが先走っていた。

目的地に着く頃には、西の空が暗くなり始めていた。

たしか、『逢魔が時』と呼ばれる時間じゃないと呼び出せないと聞いたことがある。まだ雲はオレンジがかっているから大丈夫かな。わかんないけど、やるしかない。

私は四番目の交差点の前に立った。

彼女を呼び出す方法はちゃんと頭に入っていた。まさかそれを実行する日がくるとは思っていなかったけど。

摩訶《まか》不思議なことをしようとしている怖さよりも、今は自分の中に芽生えた希望のほうが勝っている。

驚くほど落ちついていた私は、横断歩道の信号機をじっと見つめた。

……早く、早く。

焦る心とは裏腹に、ゆっくりと信号機が点滅し始めた。

そして私は青から赤に変わる四回目の点滅を待ったあと、〝きみに会いたい〟と心の中で強く呼び掛けた。

ドクン、ドクン、ドクン。

視線をぐるりと一周させてみたけれど、特に変わった様子はない。唯一変化してることがあれば、完全に日が落ちてしまったくらいだ。

もしかしたら、『逢魔が時』を過ぎてしまっていたのかもしれない。

……失敗、か。

でも私は終われない。明日は早めにここに来て、同じ方法で試してみよう。

それでもダメだったら、呼び出せる方法をもっと深く探す。

私はなんとしても彼女に会わなければいけない。

会わないと……私の人生は変わらない。

「危ない。ギリギリだったよ」

「え……」

ハッと顔を上げると、暗がりになっている横断歩道の向こう側に女の子が立っていた。

赤になっている信号機を無視してこちらに渡ってくる。

ぴょんぴょんと跳《は》ねるようにして歩き、そのたびにセーラー服のスカートがヒラリとひるがえった。

「記録更新おめでとう。過去に一分前に来た人はいたけど、三十秒前に来たのはあなたが初めてだよ」

初対面だというのに、妙に距離感が近かった。

「えっと……萩野まつりさんですか？」

間違えるわけにはいかないので確認のために聞いた。

「うん。そうそう。あなたはだーれ？」

「高橋亜美です」

「亜美。呼びやすい名前だね」

「ど、どうも」

あれ、私って今、幽霊と話してるんだよね？

呼び出すことに間に合ったのはいいけれど、まさか第一声で『おめでとう』なんて言われるとは思ってなかったから、今はすごく驚いている。

萩野まつりという少女の想像は、なんとなく頭で描いていた。

私のイメージではもっとダークな感じで、髪の毛もだらりと長くて。最悪血まみれの人が現れても、幽霊なんだから覚悟しなきゃと身構えていた。

けれど、まつりは良くも悪くも本当に普通の女の子だった。

「私、その、叶えてほしい願いがあるんです」

本題に入ろうとすると、急にまつりの目の色が変わった。

「あとからの文句は受け付けてないから最初に言っておくね」

「な、なにを……」

「願いをなんでも叶えてあげる代わりに――あなたは大切なものをひとつ失うことに

なる。それでもいいのなら、亜美の願いを叶えてあげる」

まつりはにこりと微笑んだ。

願いを叶えてもらう代償《だいしょう》は、大なり小なりあるんだろうなと思っていた。

正直、なにかをひとつ失うだけで、なんでも願いが叶うなんて、こんなにお得なことはないと思う。

「大丈夫。だから私の願いを叶えてください」

交差点を行き交う車のテールランプがまぶしく光る。その乱反射《らんはんしゃ》の中で、やっぱりまつりは笑っていた。

「じゃあ、亜美の願いを教えて」

幸せになりたい。お金持ちになりたい。そんな願いを抱えて交差点を訪れたこともあった。

でも今になって思えば、その時に引き返してよかったと思う。

だって、幸せもお金も私がほしいと思っているものが一度にすべて叶う願いがここにある。

「私と高橋未来の人生を交換してください。これから私は未来として生きる。未来の全部がほしい！」

我慢できずに、声が大きくなった。

私が未来になる代わりに、高橋亜美は未来にあげる。

普通じゃない私の人生なんて、もういらない。

そのあとまつりは簡単に「わかった」と言った。

とりあえず今日は自宅に帰ることになり、いつもどおりご飯を作って妹たちを寝かしつけた。

本当に未来と入れ替わることができるんだろうかと半信半疑のまま布団に入って

――翌日。

目を覚ますと私はふかふかのベッドの上にいた。

爽《さわ》やかなアロマの香りに包まれて、白いカーテンがゆらゆらと揺れている。

シミだらけのうちの天井とは違って、ロフト付きの高い天井が瞳に映った。

……え、ここどこ？

周りを見渡すようにベッドから起き上がった。すると、部屋のドアがノックされて、そこからエプロンをした女性が顔を出した。

「おはよう。朝ご飯できたよ。遅刻しちゃうから早く下に降りて顔を洗ってね」

そう言って優しく笑う女性はとてもきれいな人だった。

「えっと……」

まだ状況が理解できずにぼんやりとしている私を見て、女性が不思議そうに首をかしげた。

「どうしたの？　未来ちゃん」

……み、未来ちゃん？

ってことはこの人は未来のお母さん？

「未来ちゃんの好きなスムージーを作って待ってるね」とドアが閉まったあと、私は慌ててドレッサーの前に立った。

鏡に映っていたのは、未来の顔だった。

「嘘……」

確かめるようにして、ペタペタと全身をさわった。

きちんと手入れされている爪に、柑橘系《かんきつけい》の香りがする肌。着心地がいいピンクのルームウェアを着て、きゃしゃな体つきは正真正銘《しょうしんしょうめい》の未来の姿だった。

「よかったね。今日から亜美は高橋未来になったんだよ」

気づくと、まつりはベッドに座って、テディベアのぬいぐるみを抱いていた。

「……本当に願いが叶ったの？」

「当たり前じゃん。私はもう亜美のものだもん。亜美が望むことなら全部叶えてあげるよ」

まつりの言葉に、私はもう一度鏡を見た。

今日から私は高橋未来。

本当に、本当に、私の願いどおりになったんだ。

部屋を出ると、目の前には木製の手すりがついている階段があった。

一歩一歩噛みしめるようにして降りて、長い廊下を進んだ先にドアがある。

オシャレなドアノブを静かに開けると、そこには開放感のあるリビングが広がっていた。

「おはよう、未来」

ダイニングテーブルの椅子に座っている男性に挨拶《あいさつ》された。

おそらく未来のお父さんだろう。シワひとつないスーツを着て、左手に高そうな腕時計をしていた。

テーブルにはお母さんが用意してくれた朝ご飯が並んでいる。

モチモチの生食パンに、とろとろのスクランブルエッグ。あらびきソーセージに、野菜のスムージー。

……すごい。こんな豪華《ごうか》な朝ご飯を未来は毎日食べていたんだ。

まつりがなにやら背後ではしゃいでいて視線を向けると、そこに広々としたL字型のソファがあった。

テレビは見たことがないほど大きいサイズで、スピーカーも設置してあったので、みんなで映画鑑賞をすることがあるのかもしれない。

リビングの窓の向こうには裸足のままでも出られる屋根付きのテラスがあって、庭に咲く花のいい香りが漂ってくる。

すごい、すごい、すごい……！

埃《ほこり》っぽくてせまい我が家とは全然違う。

「ほら、未来の好きなフルーツもあるよ」

「未来ちゃん、おかわりもあるからたくさん食べてね」

英字新聞を読むカッコいいお父さんに、美人で優しいお母さんがいる。

これが未来の生活。

いや、これがこれからの私の生活。

「あ、ありがとう。パパ、ママ」

未来がいつも呼んでいるように呼ぶと、ふたりはやっぱり優しく笑った。


朝食をお腹いっぱいに食べたあと、身支度をするために部屋に戻った。

改めて部屋を見てみると、未来の部屋はうちのリビングよりも広い。

アクセサリーの棚にはネックレス、指輪、ピアス、時計と種類ごとに分けられていて、お店のように数も多かった。

お姫さまのようなドレッサーの上には、ガラスの香水瓶《こうすいびん》とカラフルなマニキュアが置かれている。

未来が可愛いのは当たり前だ。だって、可愛くあるために未来はお金を惜しまない。

「これも亜美のものだよ」

まつりはハンガーにかけられている制服を指さした。

未来の制服は今まで何度も見てきた。

紺のブレザーに、膝丈のスカート。赤いチェックのリボンが可愛くて、私は見るたびにうらやましいと思っていた。

この制服が着られる。夜間じゃなくて、ちゃんとした昼間の学校に通える。

こんな夢のようなことがあっていいの？

嬉しくて、胸がぎゅっとなった。

私はそのあと未来の制服を着て、初日の学校へと向かった。

未来が通っている高校は知っていた。学力は平均的で、校則もあまり厳しくないので、人気の高校でもある。

もし自分が高校受験できる環境にいたら、間違いなく第一志望にしていたと思う。

学校の近くまで行くと、同じ制服を着た生徒がたくさんいた。

定時制だと車やバイクで登校してくる人も珍しくないので、こういう通学風景も久しぶりだった。

「おはよう、未来」

「今日の課題やってきた?」

「この前言ってた話の続きなんだけどね」

ドキドキしながら校門を過ぎると、見知らぬ人たちに声をかけられた。

容姿は未来でも中身は私なので、みんなの名前がわからない。

「えっと、その……」

困ったように口をモゴモゴとさせていると、まつりがうしろから耳打ちをしてきた。

「未来の友達関係や学校の情報を亜美の中に入れることもできるよ」

……そっか。願いはひとつだけじゃなくていいんだから、まつりに頼ればいいんだ。

受け入れるようにコクリとうなずくと、すぐに未来の情報が頭に入ってきた。

それは特別に手をかざすわけでもなく、いとも簡単に。

私としての精神は変わっていないけれど、今声をかけてきた人たちの名前や未来の友達関係。そして校舎のマップや敷地内にある施設の場所も把握することができた。

……これだったら、なんとかなる!

まつりのおかげで自分の下駄箱もすんなりとわかって、無事に校舎の中に入った。

同級生があふれている廊下は騒がしかった。

変に思われてないだろうか。

私はちゃんと未来に見えてる？

すれ違う人たちに緊張しながら、自分のクラスである二年C組に着いた。

「おはよう、未来」

次から次へと声をかけてくるクラスメイトを見て、未来がどれだけ友達が多かったのかがわかる。

一応中学の三年間は普通に学校に通ったけれど、こんなに人から注目されることはなかったので、恥ずかしい気持ちもある。

「背中曲がってるよ。堂々としないと」

まつりに指摘されて、私は背筋をピンッと伸ばした。

まだ未来である自分に慣れないけれど、これから学校でも楽しいことが待っているんだと思ったら胸が大きく弾んだ。

「あれ、なんか未来、今日のメイク濃くない？」

そんな中で優香《ゆうか》という名前の女の子が寄ってきた。頭にある情報では未来と特に仲良しだったようだ。

「え、そ、そうかな？」

未来ってどんなしゃべり方だったっけ。こんなことならもっと未来の言葉遣いを観察しておけばよかった。

「いつもアイライン引かないのに今日はしてるし、チークの位置も変だよ」

自分なりにいつもの未来に近づけようと、がんばって化粧してきたつもりだったんだけど……。

「あはは。なんか失敗しちゃった」

とりあえず笑ってごまかしてみた。

「もうウケる。寝ぼけてたの？」

みんなには不自然に見えなかったらしく、バレなかったと思う。優香も笑ってくれたし、ほかの友達も私たちのやり取りを微笑ましいとでもいう感じで見てくれている。よかった。誰も私が本当の未来じゃないことに気づかない。

仮におかしなことがあったとしても、まさか中身だけが入れ替わっているなんて、誰も想像すらしないだろう。

可愛い制服を着て、日の当たる教室にいて、友達に囲まれている生活。

ずっとずっとこんな風になりたいと思っていた。

私はごく普通の十七歳の高校生になれたんだ。

それからホームルームを経て、授業が始まった。

定時制でも勉強はしていたけれど、訳ありなクラスメイトに合わせるようにして、進んでいくスピードも遅かった。

今の授業に追い付くまで少し時間がかかりそうだけど、大丈夫。明るい教室で勉強ができているだけで、やる気がでた。

そして、夢のような初日はあっという間に終わった。

「ねえ、未来。みんなで遊びに行こうよ」

放課後になり、優香がすぐに誘いにきてくれた。

「え、私も行っていいの？」

「なに言ってんの。未来がいないとつまらないじゃん」

こういうやり取りでさえ久しぶりのことだから、いちいち感動してしまう。

未来がいつも一緒にいる友達は全員で五人。みんなで仲良く校舎から出て、そのあいだに「今度うちらとも遊ぼうね」とほかの人からも誘ってもらえた。

人気者って、こんな気分なんだ。

まだ戸惑うことも多いけれど、未来として認識されている自分のことがとても誇らしかった。


みんなで向かったのは駅前のゲームセンターだった。

いつもこの時間はバイトの上がり作業をして、バタバタとしている頃だ。もう、時間を気にしないで遊んでいいなんて、本当に夢みたい。

「あ、これで撮ろうよ」

優香たちは迷わずにプリクラの機械の中に入った。今のプリクラ機は照明も明るくて、カメラの角度を自分で動かせるらしい。小学生の頃に一度だけ撮ったことがあったけど、その時のイメージとはだいぶ変わっていた。

テンポよく撮影して、でき上がったプリクラを確認した。

加工しているとはいえ、未来の顔は本当に可愛くて、お人形みたいだった。これが今の自分だなんてまだ信じられない。

それから移動ワゴン車のクレープを買って、食べながらみんなで外を歩いた。

どうしよう。楽しい。楽しすぎる……！

「亜美。顔がニヤけてるよ」

まつりはそんな私の周りをくるくると回っていた。

これからは毎日この生活が私のもの。最初は半信半疑だったけれど、四番目の交差点に行って本当によかった。

「……痛っ」

そんなことを思っていると、隣を歩いていた優香が足を止めた。どうやら目にゴミが入ってしまったようだ。

私はハッとなにかを思い付いたようにカバンの中を開けた。

「これ使う？」

それはバイト先で未来が使っていた女優鏡だった。

「あれ、この鏡って……」

「あ、うん。ライトが付いてるんだよ。ほら！」

持ち手の部分にあるボタンを押すと、鏡の周りのLEDライトが光った。

未来のカバンには鏡のほかにも様々なものが入っている。

メイク道具に、アクセサリーのポーチ。飴やガムのお菓子に、髪の毛を結《ゆ》う可愛いゴムやシュシュ。

私はお財布とスマホだけあればいいっていうタイプだったから、未来のカバンは正直すごく重い。

でも今はその重みすら嬉しい。

「これってかなり高いやつだよね。なんで未来ってこんなにいろんなもの持ってんの？」

「うーん、パパが銀行員だからかなー」

「いいな。うらやましい」

そんな言葉に、私は得意気な顔をした。

今までは日々の生活を送るだけで精いっぱいで、自分がほしいものなんて買える余裕はなかった。

でもこれからは違う。

好きな時に好きなだけ買い物ができる。

頭でお金の計算をしなくていいし、未来が持っているものは使い放題、試し放題。

もう、自分がほしいと思うものやオシャレも我慢する必要はない。

人をうらやむばかりの人生だったけれど、人からうらやましがられるって、こんなに気持ちがいいことだったんだ。


それから友達と別れて、私は広くて大きな家に帰った。

可愛いものにあふれた自分の部屋に入り、ふかふかのベッドにダイブすると、本当にお姫さまになったような気分になる。

「どう？　未来の生活は？」

まつりはテディベアのぬいぐるみが気に入ったようで、ピンク色のクシで毛並みを整えていた。

「楽しいよ。こんなの初めてだよ」

いつも時間に追われていたから、こうしてゴロゴロする暇もなかった。

せまくてカビ臭い団地はなにもかもが錆《さ》び付いていて、ドアの鍵穴さえすんなりと回せない。

玄関には脱ぎっぱなしの靴が散乱していて、収納場所さえもなく。家に帰ればすぐにご飯を作って、洗濯物を畳んで、髪の毛も整えないまま夜の学校に向かう。

そんな昨日までの生活が嘘みたいだ。

「普通は他人の家って落ち着かないものだけど、これからは未来として暮らしていけそう？」

いつの間にかまつりはロフトに上がっていて、手すりからひょっこりと顔を出していた。

「うん。いけそうっていうか、暮らしたい」

こんな満たされた生活を体験してしまった以上、もうあのせまい家には戻りたくない。

私は本当の未来に近づくためにメイクの練習を始めることにした。

一応人並みに安いスキンケアぐらいはやってきたけれど、化粧品はどれも高いのでドラッグストアの試供品しか持っていなかった。

なので、化粧に関しての知識はゼロ。マスカラもアイシャドウもたくさんありすぎて、どれを使ったらいいのかわからない。

とりあえず未来の部屋にある雑誌を広げながら、見よう見真似でメイクをしてみた。

「うーん。やっぱり上手くいかない」

優香に言われたとおり、どうしても濃くなってしまう。

「わざわざ練習しなくたって、私に願えば一瞬でできるのに」と、まつりは自分の指にマニキュアを塗って遊んでいた。

「でもせっかくだから自分でやってみたいの」

っていうか、私が覚えたい。

普通はメイク道具なんて各ひとつずつあれば足りるのに、未来は本当にたくさん持っている。

きっと洋服やその日の気分によって使い分けていたんだろう。そりゃ、オシャレで可愛いはずだ。

「亜美。電話鳴ってるよ」

「え？」

まつりに言われて、スマホを確認すると画面には【着信　寺島雪斗《てらしまゆきと》】と表示されていた。

……男の子の名前だ。誰だろう。友達かな？

「未来の彼氏だね」

「ええっ？」

思わず大きな声が出てしまった。

いろいろなことに満足しすぎて、すっかり忘れていたけれど、そういえば未来には彼氏がいたんだ。

とりあえず電話に出てみると、スピーカーから低い声が届いた。

「未来。今日モーニングコール忘れただろ」

……え、モーニングコール？

「俺、未来のせいで学校遅刻した」

未来の彼氏は別の学校に通っている高校三年生だと聞いたことがある。

未来から見せてもらった写真を思い出しながら、イケメンの男の子と電話をしてることに緊張してきた。

「ご、ごめん。バタバタしてて忘れちゃった」

年上だけど付き合っているので敬語は使わずに答えた。

「まあ、いいけど。未来の夢が長く見れたし」

「……っ！」

彼氏って、いたことがないからわからないけれど、こんなに甘いことを普通に言われるんだ。

未来はこういう時、なんて返していたんだろうか。

私も雪斗の夢を見てたよ、とか？

む、無理だ。入れ替わったばかりの私にはハードルが高すぎる。

「なあ、明日俺ん家来るだろ？」

「え、い、家？」

「うん。いつもみたいに放課後、駅で待ってるから」

そう言って、雪斗は電話を切った。

じわりじわりと未来としての現実が追い付いてきて、私はジタバタと手足を揺らした。

「まつり、どうしよう！　家だって！」

未来にとっては彼氏の家でデートするのは普通のことかもしれないけれど、私は男の子の家にすら行ったことがない。

「雪斗になにかされちゃうんじゃない？」

「な、なにかって？」

「えー私に言わせるの？」

まつりがクスリとしたのを見て、自分の顔がみるみる熱くなってくる。

「亜美は未来になったんだから、未来が今までしてきたことも、その責任も、ぜーんぶ亜美が同じようにしなきゃいけないんだよ？」

「そう、だよね」

私だって遊び半分で未来になりたいと願ったわけじゃない。

そんな中で、ふと自分になった未来のことを考えた。

あっちは大丈夫だろうか。

今日は由美のお弁当の日だったけれど、ちゃんと作ってくれたかな。

悟史も私が時間割を見て持っていく教科書をランドセルに入れてあげないと、忘れ物ばかりをしていたし。

お母さんだって放っておくとどんどん気持ちが沈んでいくので、しっかりと気にかけてあげなきゃいけない。

まだ手のかかる由美や悟史の世話を、未来は嫌がってないかな。

お母さんの病気も理解してくれたらいいけれど。

「気になるの？」

まつりが私の心を見透かしたように言った。

「気になるけど……気にしない」

私は高橋未来で、もう高橋亜美じゃない。

せっかくなんにもしばられない人生になったのに、心でしばられていたら意味がないから。


次の日。人生交換をして二回目の朝を迎えた。

今日も朝食はママが豪華なものを作ってくれた。

お腹も心も満たされて、私は気分よく学校に向かう。

教室では優香たちがすでに登校していて、昨日撮ったプリクラを分けながら、次の遊びの予定を立てていた。

「未来は本当にプリクラと実物との差がないからいいよね」

「えーそんなことないよ」

私は受け取ったプリクラをカバンの内ポケットに入れた。ガヤガヤとしていた校舎にチャイムが鳴ると、先生が教室に入ってきた。

「ホームルームを始めるので、席に着いてください」

うちのクラスの担任はまだ初々《ういうい》しさが残っている若い男の先生。定時制の時は中年のおじさんだったから、これもまた新鮮だった。

名前の順で出席確認が行われたあと、先生は深刻な表情で話し始めた。

「先日盗難事件の話をしたと思うけど、今教員たちも校外のパトロールを強化しています。もし校舎および敷地内で怪しい人物や犯人についての情報を知っている人がいれば、放課後でもいいので話を聞かせてください」

……盗難事件？

周りの様子を見ると、さほど大きなリアクションがないので、以前からこれについての話は何度もされているようだった。

「っていうか絶対に外部の人間じゃないよねー」

ホームルームが終わると、優香たちが私の机に集まってきた。

「あの、盗難事件って？」

「もう未来、また寝ぼけてるの？　うちのクラスに限らず、生徒の持ち物が頻繁に盗まれてるじゃん」

詳しく話を聞くと、それは一年以上も前から頻繁に繰り返されているとのこと。

最初は大事《おおごと》にはしていなかったけれど、被害生徒がたくさんいるので、やっと先生たちも犯人探しに本腰を入れ始めたそうだ。

「犯人が外部じゃないってことは、生徒の誰かがやってるってこと？」

私はまだどんな生徒がいるのか把握していないから、犯人がいると思うだけで少し怖くなった。

「だってさ、空き教室を狙《ねら》って物を盗んでいくなんて、時間割を知ってる人物じゃなきゃできないじゃん」

「た、たしかに」

「時間割なんて、ほかのクラスのものも簡単にチェックできるし、ねずみのようにちょろちょろと物を盗んでいくから、絶対に女だよ」

「なんで？」

「男はアクセとかコスメとか盗まないっしょ。私も一番お気に入りだったピアス盗《と》られて本当にショックだよ」

どうやら優香も被害者のひとりのようだ。

平和に見える学校でそんなことが起きていたなんて、昨日から登校してる私が知るはずもない。

「未来も気を付けなよ。いい物持ちすぎてるんだからさ」

「う、うん」

とりあえず貴重品だけはつねに持ち歩くようにして、カバンも机の脇ではなくロッカーに入れておくことにした。

【今着いたから待ってるよ】

それから一日の授業を終えて放課後。雪斗からのメッセージを確認しながら、私は待ち合わせの駅前へと急いでいた。

「そんなに走ったらせっかくした化粧が崩れちゃうよ？」

まつりはずっと私のうしろに憑いている。

監視されているようで落ち着かないと思っていたけれど、まつりは私の生活を邪魔するようなことはしないので、そばにいても気にならなくなっていた。

「大丈夫だよ。さっき化粧は直してきたから」

「直したってことは可愛く思われたいってことだね」

「ち、違うよ」

「まだ会ったこともない人と付き合ってるなんて不思議だねー。私も早く亜美の彼氏が見たいな」

まつりは弾むような声で言った。

待ち合わせの駅前に着くと、遠目からでもすらりとした男の子が立っていた。

「未来」

名前を呼ばれてドキリとする。

雪斗は写真で見るより顔が整っていて、すごくカッコいい人だった。

「わあー亜美の彼氏だ。手つなぐ？　ハグする？　なにしちゃう？」

面白がるようにしてあおってくるまつりを無視して、私は雪斗と歩き始めた。

向かったのは約束どおり雪斗の家だった。

「お邪魔します……」

緊張しながら靴を脱ぐと雪斗に笑われた。

「どうしたの？　いつも来てるじゃん」

いつもと言われても私は初めてだし、どうしたらいいのかわからない。

雪斗は慣れたように私を自分の部屋に招いてくれた。

初めて入る男の子の部屋。なんとなく男子の部屋は汗くさくて散らかっているような偏見を持っていたけれど、雪斗の部屋はとても清潔感があった。

服もきちんとハンガーにかけられているし、本棚も整理整頓《せいりせいとん》されていてすごくきれいだ。

あまりまじまじ見ても不自然だと思ったので、とりあえず雪斗が指定してくれたクッションの上に座った。

「今日、親帰ってこないから夜までいれるよ。ってか泊まってく？」

テーブルを挟んだ場所に座ると思いきや、雪斗は私の隣に座ってきた。

「え、泊まりはちょっと……」

「なんで？」

距離の近さに、自分の体の熱が上昇していく。

未来がどんな付き合い方をしてきたのか知らないけれど、彼氏の家に泊まるなんて、もう少し大人になってからするものだと思っていた。

「えっと……あ、歯ブラシとか化粧落としとか、なにも用意してきてないから」

「ああ、そっか」

とっさに思い付いたわりには、上手く断ることができてホッとした。

男の子の家に泊まるなんて……考えただけでドキドキする。

でも未来にとってはこれが当たり前のことなんだ。未来になってみて、いかに自分が青春していなかったかがよくわかる。

もしもまつりに願いを叶えてもらわなかったら……私は楽しいことをなにも知らないまま十七歳を終えるところだった。

そんな中で、ポケットに入れていたスマホが鳴った。通知は優香たちとやっているメッセージグループからだった。

【今日、彼氏にドタキャンされた。絶対に浮気されてるよ……】

泣き顔のスタンプと共に送ってきたのは、イケメンの彼氏がいることで有名な英里《えり》ちゃんからだった。

【浮気とかマジで許せない】

【でも彼氏もだけど、女のほうもダメだよね】

【うん。彼女持ちだと知ってて手を出してると思う】

次々と英里ちゃんを擁護《ようご》するメッセージが届く。私もなにか返さなくちゃと、文字を打とうとした時……。

「未来」

「ひゃっ……」

背後から雪斗に抱きしめられた。

力強い男の子の腕。こんなにも男子と至近距離になったことがないので、恥ずかしくてますます体温が熱くなった。

「ひゃって、どうしたんだよ。可愛い声出しちゃって」

そう言われたあと、前触れもなく雪斗にキスをされてしまった。

目をつむるタイミングもわからずに私は石みたいに固まるだけ。

心臓の音がヤバい……。

っていうか彼氏だけど初対面の人とキスしちゃったよ。

でも別に嫌じゃなかった。心も未来に近づいてきているんだろうか。

「なんか今日の未来可愛すぎ。写真撮っていい？」

「え、う、うん」

雪斗にスマホを向けられて、私はぎこちない笑顔を浮かべた。

私は未来、私は未来。

自分に暗示をかけるように頭で繰り返した。

今まで彼氏なんていなかったし、恋愛なんて必要ないと思っていたけれど、雪斗に対してキュンとしている自分がいる。

こんなにカッコいい彼氏がいていいのだろうか。

なんだかなんでも手に入りすぎて怖いぐらいだ。

その日はキス以上のことはされずに、楽しく自宅デートは終わった。

家に帰るとママがＡ５ランクのお肉を見せてきて、今日の晩ご飯はすき焼きにするそうだ。

「今日って誰かの誕生日？」

「どうして？　誕生日じゃないわよ」

と、いうことは未来の家では特別なイベントじゃなくても、こんなにいいお肉を食べてるってことなんだ。

　人生のランクづけは生まれた時から決まっていると自分に言い聞かせてきたけれど、改めて未来は勝ち組の人だと思う。

「ねえ、見て。このリップ。ママも未来ちゃんの真似しちゃった」

　それは、未来のポーチにも入っていた赤色のリップ。

「ちょっと若すぎるかしら？」

「ううん。似合ってるよ」

「ふふ。今度お揃いのリップをつけて買い物に行こうね。ほら、未来ちゃんがほしいって言ってたお洋服があったでしょう？」

　本当にママは若くて可愛い。うちのお母さんとは大違いだ。

こんなことを言ったら怒られてしまうかもしれないけれど、お母さんは苦労が顔に出ている。

お世辞でも若いとは言えないし、病気を患《わずら》っているせいで一緒に買い物だって行けない。

私も最初から未来のママの娘で生まれていたら苦労なんてしなかった。

「あ、そろそろパパも帰ってくるから、急いですき焼きの支度するね。未来ちゃんはソファに座って待っててね」

きっと幸せってこういうことを言うのだろう。

幸せすぎて涙が出そうになった。


そして次の日。私は学校に行くためにドレッサーの椅子に座っていた。

「慣れてきたね」

まつりは短時間で化粧をしていく私の手つきに感心していた。

「でしょ？」

自分でも試してみたいメイク道具を怖がらずに使えるようになったし、優香からも下手なことを指摘されなくなった。

なにより鏡に映る自分の可愛い顔に、やっと慣れてきた気がする。

ヘアオイルをつけた艶やかな髪の毛をひとつに結んで、ピンク色のシュシュをつければ、誰もがうらやむ私の完成だ。

「ねえ、未来は今日バイトだっけ？」

学校に登校してすぐに、優香から声をかけられた。

「うん。そうみたい」

お金を稼がなくてもよくなったのですっかり忘れかけていたけど、スマホに書かれていたスケジュールにはばっちりとシフトが入っていた。

正直面倒だし、やる気も起きないけれど、たしか私のシフトも今日がバイトだったはずだから未来も店に来る。

人生を交換してから初めての再会だ。

「バイトなら遊びに行けないね。今日はみんなでボーリングに行こうって話してたんだよ」

「えーそうなの？」

……ボーリング、行きたかったな。

「でね、今日アクセ忘れちゃったんだけど、未来のピアス貸してくれない？」

遊びに行く放課後はみんな必ずメイクを直して、ピアスやネックレスをつけてオシャレをする。

「うん。いいよ。どれがいい？」

優香の好みがわからないので、カバンに入っていたアクセサリーポーチの中身をすべて出した。

「あ、これ……」

優香が手に取ったのはエスニック風の垂れ下がるピアスだった。

「それ可愛いよね！」

未来はファンシーなものからアジアンテイストのものまで、幅広い形のピアスを持っている。

思い返してみれば未来は会うたびに新しいアクセサリーをしていて、同じものを身につけていたことがない。

「じゃあ、これ借りていい？」

「もちろん」

私は気前よく優香にピアスを貸した。

それからあっという間に放課後になって、優香たちは言っていたとおりボーリングに行った。

私はというと久しぶりのバイトで足取りが重い。

お金を稼ぐためにたくさんのシフトを入れて、時給が少しでも上がるように真面目に仕事をしてきたけれど、今は適当でいいやと思ってしまう。

「高橋さん、三名入ったからお水ね」

「は、はい」

未来はホール担当なので、キッチンでの作業とは内容が全然違う。ホールでの仕事は初心者なのでわからないことだらけだ。

きっと未来もてんやわんやしてるだろうと気になったけれど、結局仕事が終わる時間まで未来とは会わなかった。

「お疲れさまでした」

三時間程度のバイトはすぐに終わった。

慣れない作業ばかりだったけれど、キッチンでは評判が悪い男の店長が助けてくれて驚いた。

きっと未来が今までバイト終わりに疲れを見せていなかったのは、こうして困れば誰かが手助けをしてくれていたからだと思う。

未来になったことで本当に得しかない。

「久しぶり」

ロッカールームに行くと、未来が着替えをしていた。

いつもいい香りをさせていた頃とは違い、未来から漂ってきたのは汗と油が混ざったような匂いだった。

「うん。久しぶり」

なんだか未来の顔が疲れている。

「今日もいっぱい怒られてたらしいね」

「うん。入れ替わってからずっとだよ」

ホールの人が私になった未来のことを噂していた。

今まで誰にも頼らずにテキパキと仕事をしていたのに、今はなにをやらせても失敗ばかりだと。

まるで人が変わったみたいだと、ドキッとしてしまうことも言われているらしい。

「今までちゃんと働いたことがなかったけど、朝からシフトが入ってるってこんなに大変なんだね」

未来になった自分のことは見慣れてきたけれど、目の前に私の姿があるとやっぱり変な感じがする。

「時間が長く感じるでしょ」

「うん」

お小遣い感覚のバイトから、いきなり八時間労働じゃ、かなりきついと思う。しかもキッチンは尋常《じんじょう》ではないほど暑いから体力との戦いでもある。

「定時制の学校は行ってる？」

「うん。でもやっぱり亜美みたいに、今はバイト優先って感じかな。そっちの学校はどう？」

「楽しいよ。優香たちとも仲良くやってる」

「そっか」

着替え終わった未来がパタンとロッカーを閉めた。

未来が着ていたのはTシャツにデニムというラフな格好だった。私が持っている数少ない私服のひとつだ。

なんか自分の姿だけど、かなりダサく見える。

……私ってほかの人から見るとこんな感じだったんだな。

「ねえ、家のことはどう？」

私はずっと気がかりだったことを聞いてみた。

「由美も悟史もいい子だよ。料理が急に不味《まず》くなったって悟史もお手伝いしてくれるようになったし、由美も自分でお片付けしてくれる」

当たり前だけど、未来はふたりのことを呼び捨てにしていた。

……悟史がお手伝い？　由美がお片付け？

私がいた時はそんなことひとつもしなかったのに。

「私が頼りないから協力してくれてるんだと思う。お母さんの具合のほうは日によって違うけど、私の家事が下手くそなせいか、寝てられないって、今日は朝から起きてたよ」

「ふーん」

私は素っ気ない返事をした。なんか気に食わない。

「亜美のほうは大変なことはない？」

「全然ないよ。……あ、でも雪斗との付き合いが慣れなくてまだ緊張するかな」

さっきスマホを確認したら雪斗から【会いたい】とメッセージが来ていた。

「……雪斗とも上手くいってるんだ」

「まあね」

家族関係はいいとしても、さすがに彼氏まで交換されたらいい気分はしない。

でも、それも含めて人生を交換してもいいと言い出したのは未来なんだから仕方ない。

「もうそろそろ店出ないとヤバいんじゃない？　保育園のお迎えがあるでしょ？」

私は雪斗にメッセージを返しながら言った。

「いろいろ大変だと思うけど、今さら元に戻してはナシだからね。だってもう未来が高橋亜美なんだからさ」

私はごねられる前に、さっさと着替えを終わらせて帰った。


「あんな言い方してよかったの？」

まつりが私の歩くスピードに合わせて憑いてきた。

「いいよ。別に」

未来はいつも私に優しくしてくれたし、恨みもない。

でも今まで幸せだったぶん、これからは私が幸せになったっていいでしょ。

「亜美は自分の人生を未来にあげて後悔はしないの？」

「するわけない」

「言いきれる？」

「当たり前じゃん」

天地が引っくり返ったって、私は高橋亜美に未練はない。


それから数日が経って、私は順風満帆《じゅんぷうまんぱん》な生活を送っていた。

今日もママの美味しい朝ご飯を食べたし、パパは長い休みが取れたら海外旅行に行こうと言っていた。

友達とも雪斗とも仲良しだし、毎日が楽しくてしょうがない。

「高橋。ちょっといいか？」

いつものように下駄箱で靴を履き替えていると、担任の先生に肩を叩かれた。

なんだろうと不思議に思ったけれど、今日は一段と気分がいいから雑用くらい喜んでやる。

軽やかな足取りで先生に付いていくと、連れてこられたのはなぜか校長室だった。

……なんで？

校長室に呼び出されることなんて、なにもしてないけど。

「高橋未来さん。これから質問することに正直に答えてほしいんだけどいいかい？」

中に入ってすぐに校長からそうたずねられた。

「なんですか？」

先生は見守るようにドアの前に立っていて、校長室の空気は重かった。

「単刀直入に聞くけど、きみが生徒たちの物を盗んでいた犯人だよね？」

……は？

「それって盗難事件のことを言ってるんですか？」

「そうだよ」

「なんで私が。ありえない」

せっかく気分がよかったのに、いい加減なことを言わないでほしい。すると、黙っていた先生が会話に入ってきた。

「高橋。もう数々の証拠が揃ってるんだ。言い逃れはできないぞ」

……証拠？　言い逃れ？

なにを言っているのかさっぱり理解できない。

「高橋さん。これはきみじゃないの？」

そう言って校長は、タブレットの画面に映っている動画を私に見せてきた。

そこには、空き教室に置かれたカバンを漁《あさ》っている様子が記録されていた。

誰かが隠れて撮影したのだろうか。

漁っている人物が女子だということはわかるけれど、顔ははっきりと映っていない。

でも髪型や背格好は未来に似ていた。

「わ、私じゃないですよ。そんなことはしません！」

「でも犯行現場を目撃してる人が多数いるんだ。みんな口を揃えてきみだと言ってるよ」

「まさか……」

絶対に私ではない。だって盗難のことだって最近聞いたばかりだし。

「誰かが私のことをハメてるんじゃないですか？　けっこう人からうらやましいと思われてるんで」

考えられるのはそれしかない。

そもそもお金はたくさんある。ほしいものはなんでも買えるから、人のものを盗む理由がない。

「……はあ。とりあえず今日からきみは自宅謹慎《きんしん》だ。期限についてはこれから追って連絡する」

そんな私の気持ちを無視するように、先生はあきれた顔をしていた。

「そんなの納得できません！」

「もう職員会議で決まったことだ」

「……っ」

一方的に告げられた謹慎処分。

私は理不尽な状況に苛立《いらだ》ちながら、これはなにかの間違いだと怒ったように校長室を出た。


教師は頭が堅いからダメだ。

みんならわかってくれる。

私の友達なら絶対に信じてくれるはずだと、希望を持って教室のドアを開けた。

「もう、みんな聞いてよ。今校長室に呼び出されてね――」

いつもならすぐに寄ってくるクラスメイトが、遠巻きに私のことを見ていた。

その視線は突き刺すような冷たさだった。

「え、ちょ、ちょっとみんなどうしたの？」

もしかして私が犯人だという間違った情報が伝わってしまったのだろうか。

「わ、私じゃないよ？　ありえないよ」

笑って雰囲気を変えようとしたけれど、クラスメイトの目つきは変わらない。

「未来」

と、その時。優香が私のほうに歩いてきた。

その周りにはいつもの仲良しグループの人たちもいる。

「優香は私のことを信じてくれるよね⁉」

絶対にみんな誤解をしてる。

早くこの状況をなんとかしないと……。

「は？　なに白々《しらじら》しいこと言ってんの？」

優香の怖い声が教室に響いた。

「証拠を隠されないようにみんな気づいてないふりしてたけど、とっくにアンタが犯人だって全員が知ってたよ」

「……え」

それ以上の言葉が出てこない。

「アンタが盗んでる動画だって出回ってるんだから」

「あれは私じゃない……」

「じゃあ、これは？」

そう言って優香は先日貸したエスニック風のピアスを見せてきた。

「このピアス、私が盗まれたやつなんだけど」

「う、うそ……」

「嘘とか自分でやっといてよく言えるよね」

優香は私が肩にかけていたカバンを奪い取った。そして、勢いよくチャックを開けて逆さまにする。

バラバラと落ちてきたのは、私がいつも持ち歩いているたくさんのアクセサリーやコスメだった。

「これ全部盗んだものでしょ？」

「ち、違う！」

「アンタが自慢してたこのライトつきの鏡だって、三年の先輩が持ってたものだから」

「そんな……」

ま、待って。どういうこと？

もちろん私はやっていない。

でも、私じゃない期間のことは知らない。

まさか未来が……？

「わ、私じゃないよ。この鏡もコスメも優香のピアスだって本当に違う！」

「いい加減にして‼」

パンッ！と鈍い音が響いた。優香にビンタされた頬《ほほ》がヒリヒリと痛む。

「未来が人のものを欲しがる性格だってことはみんな知ってるよ。だから英里の彼氏も取ったんでしょ？」

「なに、言って……」

優香のうしろから英里ちゃんが出てきた。その手にはスマホが握られていて、みんなに見えるように画面を前に向ける。

そこに映っていたのは先日、雪斗の家に行った時に撮った写真だった。

「これ雪斗に送ってもらった。問い詰めたら未来から迫ってきたって」

泣きながら言う英里ちゃんの肩を優香が支えていた。

「友達の彼氏まで取るとかマジで最低」

違う。私じゃない。

「泥棒はさっさと消えろよ！」

空っぽになったカバンを投げられた。みんなが私のことを冷たく見ている。

なんで、なんで、なんで？

私は視線に耐えきれず、逃げるようにして校舎から出た。

味方が欲しくて雪斗に電話をしたけれど、何回かけてもつながらない。

未来がたくさんの物を持っていたのは全部人のものを盗んでいたから……？

聞いてないよ。そんなこと。


「未来ちゃん？」

ふらふらと道を歩いていると、スーパーからエコバッグを持ったママが出てきた。

「泣きそうな顔をしてどうしたのよ」

「……うう……」

なんて説明したらいいのかわからなくて涙ばかりがあふれる私のことを、ママは慰めてくれた。

「元気がない時には、美味《おい》しいものを食べよう？　ほら、今日もまた高いお肉よ。未来ちゃんのためにママお料理がんばるから」

「ママ……」

大丈夫。味方ならここにいる。

これからどうなるかわからないけれど、なにもかもを失ったわけじゃない。

優しい両親がいて、大きな家があって、お金もある。最悪学校を変えることもできるし、そこで新しく友達を作ればそれですむことだ。

「ふたりとも、おかえり」

家に着いてリビングのドアを開けると、普段は帰宅してる時間ではないパパがいた。

「あら、パパ。今日は早いのね」

「うん。ちょっとふたりに聞いてほしいことがあってね」

もしかして今朝話していた海外旅行のことだろうか。もうこの際だからパッとぜいたくをして遊びたい気分だ。

「パパね、会社のお金を横領《おうりょう》してることがバレちゃったよ」

パパは明るい笑顔とは裏腹に、とても怖いことを言った。

横領……？　聞き間違い？

「警察も動くと思うし、この家にもいられない」

「ちょっと嘘でしょ？」

「嘘じゃないよ。未来も知っていたことじゃないか」

……え？

「そうよ。未来ちゃん。私たちそうやって暮らしてきたでしょう？」

ママの言葉に体がうしろに倒れそうになった。

そうやって暮らしてきたって、どういうこと？

パパが会社のお金を使い込んでいたのに、ママは怒りもしない。それどころかこんなことが過去にもあったような空気だった。

「このお家けっこう気に入ってたのに、残念ね」

「また別のところに行って、お金を手に入れて買えばいいさ」

ふたりはそんなことを平然としゃべっている。

ぐるぐると、世界が反転したようにめまいがした。

「未来ちゃん、落ち込まないで。ほら、未来ちゃんが大好きなお肉をママも盗んできたから」

「……は？」

「ママの万引き上手でしょ？」

じゃあ、今まで食べていたものも、全部お店から盗ったものだったの？

今朝作ってくれた朝食が一気に喉《のど》まで上がってきた。

「パパもママも知ってるよ。未来ちゃんもお友達のものをたくさん盗ってたって。本当に上手よね。さすが私たちの娘だわ」

私のことを褒《ほ》めるように両親は「おいで」と手を広げた。

やだ。なにこれ。怖い……っ。

私は慌てて家を飛び出した。

違う。違う。違う。

私は高橋未来じゃない。

こんなの私が望んだ生活じゃない……！

私は全速力で走った。それは何度も通った自分の家へと続く道。

「……ハア、ハア」と息を切らせながらやっと団地が見えてきた。

　すると、誰かが公園から出てきた。

「お姉ちゃん。今日も夕ご飯の支度の手伝いするからね」

「由美もおはしの準備する！」

　それは、悟史と由美だった。

　声をかけようとすると、悟史と由美の頭を撫でる人物が。

「ありがとうね、亜美。今まで苦労かけたけど、私なりに少しずつ公園に行ったり外に出ることも増やして、亜美のためにも病気を治すから」

　そう言って、お母さんは隣にいる未来に笑いかけていた。

　四人は仲良く横並びになって、みんなで手をつないでいる。

「ぜいたくなんてできなくても、普通が一番だよね。私、お母さんと悟史と由美の家族になれて幸せだよ」

　その瞬間、未来と目が合った。

　未来は絶望した私の顔を見てクスリとしたあと、団地の中へと入っていった。

　悟史、由美、お母さん……。

　それは私じゃない。本当の私はここだよ……！

「未来は賢いね。頭のおかしい両親から離れて、今までしてきたことも全部亜美になすり付けてさ」

力が抜けたように地面にしゃがみこむ私を、まつりは見下ろすように見ていた。

「しかも私を呼び出したのはあの子じゃないから、未来はなにも失わない。怖いねー。全部計算だったのかな？」

ケタケタと笑うまつりに、私は詰め寄った。

「……も、して。元に戻して」

そうだ。望みどおりにならないのなら、戻せばいい。

「あれ？　自分の人生を未来にあげて後悔しないって言い切ったじゃない」

「それは……」

「ねえ、亜美。未来になれて幸せでしょ？　広い家もお金も優しい両親だっている。普通以上の生活を求めたのは亜美でしょ？」

「違う。違ったの。私は私の家族がいい！　妹たちの世話も嫌がらないし、お母さんのことも大事にする。私は高橋未来じゃない。高橋亜美なの！」

「はは。未来のものを全部手に入れたって思ってたのに、手に入れたのは未来だったね」

まつりはそう言って、消えていく。

「まんまと盗まれちゃったね。高橋亜美の人生を」

「ま、待って。やだ。行かないで……！」

私の声はもうまつりには届かない。

まつりは私を元に戻さないまま消えてしまった。

私はどうすることもできずに、いつまでも叫ぶように泣くだけだった――。

＊　＊　＊

「私も盗んできちゃった」

四番目の交差点に戻った私は、ふわふわのテディベアを抱きしめていた。

高橋亜美は、願いを叶えた代わりに自分の人生を失った。

人はいつでもないものねだり。誰かのものがよく見えるし、欲しくなる。満たされない欲望のかたまりだ。

「次はどんな願いかな？　もっと面白いといいな」

私は怪しい色に染まっていく空を見上げながら、うっすらと微笑んだ。

第三幕　一番になりたい

親友って大切だけど、いると苦しい時もある。

「亜子《あこ》、おはよう」

正門でやっていた登校指導を難なく突破して、自転車置き場に向かっていると、親友の鈴木友香《すずきゆか》が手を振っていた。

「友香、おはよう。今日から二学期だね」

夏休みが終わり、制服もYシャツからブレザーになった。

まだ蒸し暑さは残っているけれど、セミの声はずいぶんと少なくなったように感じる。

約一か月ぶりの校舎はなにも変わっていなかったけれど、ワックスがけがしてある床だけはピカピカに輝いていた。

「亜子」

「片桐《かたぎり》先輩」

同級生や後輩から名前と名字を交互に呼ばれる。

私は現在、高校受験を控えた中学三年生だ。夏休み期間中はずっと夏期講習と図書館を往復するだけの毎日だったから、みんなと会うのは久しぶりだった。

「相変わらず亜子は人気者だね」

友達との雑談が終わり、やっと教室に向かい始めると、隣にいた友香も歩きだした。

「別に人気者なんかじゃないよ」

「なに言ってるの。今年もミスコンに選ばれたでしょ」

一学期末に行われた文化祭。地域の人との交流を目的とした小さなイベントだけど、一応生徒たちの出し物もあり、その中でも毎年盛り上がりを見せるのが男女学年別に美男美女を決めるミス・コンテストだ。

ひとり一票ずつ名前を書いて投票箱に入れる決まりになっていて、私はありがたいことに三年連続選んでもらった。

友達は昔から多いほうなので、おそらく仲良し票も含まれていると思うけれど、後輩たちからは学校のマドンナなんて言われているらしい。

ちょっと、というか、だいぶ恥ずかしいけれど、そうやって慕《した》ってくれていることが素直に嬉しかった。

「亜子。金賞おめでとう！」

教室に入ると、クラスメイトからお祝いの言葉を言われた。

「え、金賞って？」

「ほら、前に授業の一環で絵を大会に出したじゃん。あれの結果が美術室の前に貼られてて、亜子の作品が金賞とったんだよ」

「本当に？」

たしかみんなで地球をテーマにして描いたものだったと思うけれど、金賞なんて信じられない。

確かめるために美術室へ見にいくことになり、一度確認してきたクラスメイトたちもぞろぞろと廊下に出始めた。

「友香も行こう」

「う、うん」

一階にある美術室の前には全員分の絵が貼り出されてあった。

自分の絵を見ると、みんなが言っていたとおり、そこには金賞と書かれてある。

「亜子って本当になんでもできるよね。すごいよ！」

ほかのクラスの人たちにも褒められて、私は否定するように首を横に振る。

そんな中で、友香は自分が描いた絵をじっと見つめていた。

実は友香は美術部で、小さい頃から絵を描くのが好きなことは私が一番よく知っていた。

「ゆ、友香。今回は本当にたまたまだよ？　自分でもなんで選ばれたかわからないくらいで……」

「ううん。亜子の絵は上手だよ。これで選ばれなかったら逆におかしいくらい」

「友香……」

最近、友香は私に対してよそよそしくなった。

親同士の仲がよくて、姉妹のように育ってきた私たち。

友香は昔から控えめな性格で、私の一歩うしろを付いてくるような女の子だった。

私は要領がよいので、運動も勉強もわりとそつなくこなすけれど、友香は一生懸命だけど不器用で、上手くいかないことのほうが多い。

そんな経緯もあって、友香はいつも自信がなさそうに私に遠慮している。

「亜子と鈴木さんって、なんで親友なんだろうね」

「別に鈴木さんって悪い子じゃないけど、亜子の親友としては、ねえ？」

「うんうん。合わないっていうか、不釣り合いだよね」

こんなことを周りから言われることもしばしば。

もちろん友香の耳にも聞こえているし、そのせいで傷ついていないかとても心配だ。

「友香、みんなが言ってることなんて気にしなくていいんだからね」

今日は始業式だけなので学校は午前中で終わった。

そのまま私たちは飲食可能な書店に行くことになり、今は向かい合わせに座って、焼きたてパンを食べているところだ。

「気にしてないよ。でも私といることで亜子の評判が下がっちゃうのはすごく嫌だな」

「そんなことないよ！」

思わず大きな声が出てしまった。

周りからの視線を感じて、私は前のめりになっていた体を戻した。

「友香はこれからも私の親友だよ」

誰がなんと言おうと変わらない。

「ありがとう。私もそう思ってるよ」

「うん！」

それからパンを食べ終えた私たちは席をキープしながら、勉強することにした。

ここは買っていない本も自由に手に取って読んでいいことになっていて、お金を持っていない学生にも優しい本屋だ。

漫画や小説などのコーナーを通り過ぎて、私は参考書が並ぶ本棚の前で止まる。

高校受験なんてまだ先のことだと思っていたけれど、気づけばもう九月。今月の下旬には中学三年生を対象とした模試も予定されている。

私は参考書と過去問が載っている本を持ってテーブルに戻った。

「友香は志望校、どこにするか決めた？」

すでに席に着いていた友香に話しかけながら、私も腰を下ろす。

友香も私と同じように問題集を読んでいたけれど、ノートに書き写している問題は解けていなかった。

「うーん。考えてはいるんだけどね。亜子はどこ？」

「私は……」と言いかけた時、白い制服を着た女子高生が席の横を通った。

それはお嬢様学校とも呼ばれている都立聖女学園《せいじょがくえん》の生徒だった。

「私は聖学《せいがく》を受けるよ」

聖女学園、略して聖学に通うことは私の夢。

幼い頃からあの白い清楚《せいそ》な制服を着たいと思っていたし、なにより聖学は清く正しく美しくを教訓にしているので品があって憧れている。

「聖学か。亜子にぴったりの高校だね」

「ありがとう。でもまだまだ勉強してがんばらないとダメだけどね」

裏口入学などが一切できない伝統ある学校のため、いくらお金持ちの生徒でも入学することはできない。

よって、正当な一般入試の合格者だけが通うことができるので、私は受験という言葉が飛び交う二年ほど前から塾にも通っている。

すべての勉強は聖学に受かるため。

それ以外の進路なんて考えていない。


それから一時間後。私たちは本を片付けて帰る支度を始めた。

本屋にパン屋が入っていることにも驚くけれど、そのほかにも文房具や雑貨なども一緒に陳列《ちんれつ》されているから一日中いてもあきない。

「あ、見て。これ可愛いよ」

出入口へと向かっている途中で、私は茶色いバンドに白い文字盤がついているオシャレな腕時計を見つけた。

アクセサリーと一緒に置かれていた時計は値段もリーズナブルだった。

「本当だ、可愛い！」

私と友香は性格こそ違うものの、洋服や小物などの好みはいつも似ている。

「ほしいけど今月は参考書買っちゃったからムリだな……」

誰かに買われてしまいそうで惜しいけれど、仕方ない。

「そういえば私、腕時計って持ってないかも。亜子はたまにしてるよね」

「うん。時計してると時間を見ながら効率的に動けるからさ」

受験勉強は長期戦。気持ちが途切れないためにも、時間管理は重要なことだった。

そして次の日。朝のホームルームでは各高校の説明会の日程が担任によって発表された。

説明会は強制ではないし、行かなくても受験には響かない。けれど、その高校の教育方針や部活動、卒業生の進学実績などについても話を聞くことができるので、ほとんどの生徒は希望する高校の説明会に参加する。

「亜子は聖学の説明会に行くの？」

ホームルームが終わって、予定表を持った友達が机に集まってきた。

「秋以降にもう一回行く予定になってるから、来月のには行かないよ」

「え、ってことはもう行ったの？」

「うん。六月のやつにね」

その時に少しだけ入試問題の傾向などの情報も得ることができた。

すでに聖学の在校生とも顔見知りになり、「早くおいでよ」と言ってくれている先輩もいる。

「亜子なら絶対聖学に合格できるよ。でも亜子があの制服を着るようになったら、ますます高嶺《たかね》の花になっちゃうな」

「はは、そんなことないよ」

「高校に行っても変わらずにうちらとも仲良くしてよね」

「当たり前だよ！」

みんなと騒がしく雑談している中で、友香は自分の席に座ったまま説明会の紙を見ていた。

「ちょっと、ごめんね」

友達の輪から外れて、私は友香のそばに行く。

「説明会、行きたいところあるの？」

「わ、亜子か。びっくりした」

「気になるところがあるなら付き合うよ？」

私はひとりでどこにでも行けてしまうタイプだけど、友香はそうじゃない。

引っ込み思案で自分がしたい質問も積極的にできないだろうから、なにか助けになれればと思った。

「ううん。平気。まだ考え中だから」

「そっか。あ、今日の帰りは先に帰るね。私、塾だからさ」

「うん。わかった」

駅前にある塾はすべて個別指導になっている。学校の先生と違ってすごく厳しいけれど、聖学に受かるためならなんでもがんばれる。

塾が終わったのは午後九時だった。

勉強中はずっと集中しているので、解放された途端にお腹が減るのはいつものこと。

外灯が照らす道を歩いていると、昨日の本屋が見えた。

ちょうど新しい付箋《ふせん》を見たいと思っていたので、ついでにパンを買おうと足は本屋へと向かう。

「あれ、友香？」

ちょうど自動ドアが開いた瞬間に、友香が店から出てきた。まっすぐ帰ったと思っていたのに、格好は制服のままだった。

「よかった。今ね、亜子のこと迎えに行こうと思ってたの」

「え、そうなの？　なんで？」

「うーん。ちょっとね」

友香は歯切れ悪く言葉をにごらせていた。

「亜子はもしかして本屋に用だった？」

「用っていうか、付箋を見たあとに、パンでも買おうかなって」

「パン屋は八時で終わっちゃったよ」

「えー、嘘」

付箋は見たいだけだったから今日じゃなくてもいいけど、パンは食べたかった。だってもう口がパンの気分になっている。

わかりやすく落ち込んでいる私を見て、友香がカバンからなにかを取り出した。

「じゃん」

それはパン屋の袋だった。

「クロワッサンなら買ってあるから一緒に食べよう」

「え、いいの？」

「いいよ。本屋も閉まるみたいだから、別のところに行こう」

私たちは座れるところを探し求めて、小さな公園に移動した。

ベンチだと虫が寄ってきそうなので、少し暗いけれど屋根つきの四阿《あずまや》に入った。

「なんか、なつかしいね」

小学生の時、友香と逆上《さかあ》がりの練習をするために公園に通って、よくこの場所で休憩をしていた。

あの頃は受験なんて気にしていなかったから、毎日のように友香と一緒にいた。

縄跳びも鬼ごっこも駆け足も、ふたりだけで遊んでる時が一番楽しかった。

「あ、ここに亜子が書いた落書きが残ってるよ」

「えー本当に？」

木製の机には私が書いたオリジナルのサインがうっすらと残っていた。

なぜか一時期サインを作るのにハマっていて、ところかまわず書いていた頃が恥ずかしい……。

「なんか気づけばずっと亜子と一緒にいるけど、来年にはおたがい高校生になるなんて信じられないね」

小学生の時は中学生が大人に見えて、中学生の今は高校生が大人に見えるけれど、きっと来年には大学生が大人に見える。

そうやって、私たちは前を見据《みす》えて成長していくのだと思う。

「実はさっきの本屋で亜子のことをずっと待ってたんだ」

「どうしたの？　なんかあった？」

「なにってわけじゃないんだけど、亜子に聞いてほしいことがあって」

「うん」

友香がこんな風に改まって話をするのは初めてだ。なにを話されるのかドキドキしながら、しゃべりだすのを待った。

「……あのね、私も聖学を受験したいんだ」

「……え？」

予想外の言葉に思わず聞き返してしまった。

「もちろん簡単じゃないことはわかってる。偏差値も追い付いてないし、自分に見合った高校を選ぶべきなのもわかってるんだけど、私もずっと聖学に憧れてたの」

いつも弱い友香が珍しく強い目をした。

私は昔から聖学、聖学と口癖みたいに言っていたけれど、友香が憧れていたなんて話は一回も聞いたことがなかった。

もしかして私に遠慮して言えなかったのかな……。

「私は塾にも通ってないし、これからも金銭的に通えない。でも私も亜子みたいにがんばりたいんだ」

「……友香」

聖学を目指すことにはまだ驚いているけれど、友香が決めたことなら私は応援するし協力もしたい。

「じゃあ、これからは一緒に勉強しようよ。うちには聖学に合格するための入試対策の本がたくさんあるから、友香に貸してあげる」

目標が一緒なら、別々でやるよりもふたりでやったほうが成績も伸びるはずだ。

「私、亜子の勉強の邪魔にならない？」

「ならないよ。一緒にがんばろう！」

「……うんっ」

打ち明けることに不安だった友香はようやく笑顔になった。

「なんか安心したらお腹すいたね」

友香がパン屋の袋からクロワッサンを取り出した。

「もしかして最初から私と食べるつもりで買ってくれてた？」

「うん。きっと塾終わりの亜子もお腹すいてるだろうなって」

「はは、さすが。友香。私のことよくわかってるね！」

「ふふ、でしょ？」

友香とずっと変わらない関係でいられることが嬉しい。そのあとは普段どおり他愛ない会話をしながら、同じ味のクロワッサンを仲良く食べた。

友香から聖学を目指していると打ち明けられて、一週間が過ぎた。

今日は祝日で学校も塾も休みなので、友香は午前中から私の家に来ている。

「えっと、ここの公式はね……」

今までもたがいの家を行き来することはあったけれど、今は遊ぶためじゃなく机にかじりつきながらの受験勉強に変わっていた。

正直、友香の学力はあまり高くない。テストでも各科目の平均点すら取れていないぐらいの成績だ。

聖学の入試科目は五教科プラス面接。公立の場合は試験結果と同じくらい調査書の点数も重要であり、三年間の評定が大きく関わってくる。

塾にも通っていなくて、最近受験勉強に取り組むようになった友香が聖学に受かる確率は限りなく低い状態。

それでもあきらめて後悔したくないからという友香の気持ちを、私は力の限り応援したかった。

「うん、うん。合ってるよ！　飲み込みが早いね」

とりあえず中学二年の復習から始まり、徐々に現在やっている勉強の応用問題を出すと、友香は不正解より、正解の数のほうが多くなっていた。

「亜子の教え方が上手だからだよ」

「ううん。だって一昨日《おととい》同じ問題をやった時は全然わかってなかったのにすごいよ！」

人に教えるのは不慣れだけど、こうして一生懸命やってくれると私もやる気をもらえる。

「自分なりに家でも勉強するようにしたんだ。亜子が勧めてくれた問題集と参考書も買ったよ」

勉強が得意じゃない友香は本当に努力をしていた。

振り返れば友香はなんでも一回ではできないけれど、何回も繰り返すうちにできるようになるタイプだった。

鉄棒も縄跳びも一輪車だって、できなくてもできるようになるまでやってた。

負けず嫌いの私とは違って、友香は負けることを知っているから勝つまでやるのだ。

「どんくさい私にいつも付き合ってくれて本当にありがとうね。私、亜子がいるからがんばれるんだよ」

教科書もノートも付箋だらけで、きっと家では寝る間も惜しんでやっているんだろう。

聖学を目指したいと言ったのは口先だけじゃない。ちゃんとそこに覚悟も勇気も友香の姿勢から感じとることができた。

「でね、日頃のお礼ってわけじゃないんだけど、これ」

そう言って友香はカバンからなにかを取り出した。それはこの前一緒に見た腕時計だった。

「亜子にプレゼント。私も同じものを買ったからお揃いで付けてくれたら嬉しいな」

「で、でも誕生日でもないのに、なんか悪いよ」

「本当に気にしないで」

ちゅうちょしている私の腕に友香は時計を付けてくれた。店で見たとおり、とても可愛かった。

「ありがとう。じゃあ、私も付けてあげる」

お返しのように友香の左腕に時計を付けた。

同じ速度で進み続ける銀色の秒針。

なんだか受験勉強を機に、ますます友香との絆《きずな》が深くなっている気がした。

「これを付けてたら模試もいい結果が出るかもしれないね」


いよいよ来週は合格判定模試が行われる。参加希望の人は学校から申し込みができるので、私たちは一緒に用紙を提出した。

「私、模試って初めてだからドキドキしちゃう」

「学校のテストと違って緊張感があるけど大丈夫だよ。本番の受験の雰囲気に慣れておくのも大事なことだからさ」

「そうだよね！」

そのあと私たちは夕方まで勉強をやって、辺りが暗くなる前に友香は家へと帰っていった。


そして、模試当日がやってきた。昨日は友香がうちに泊まったので、そのまま会場である市街の大学へと向かうことになった。

「亜子、大丈夫？」

「う、うん」

実は塾で流行っていた風邪を少し前にもらってきてしまっていた。

熱はなかったので大丈夫だろうと、昨日も夜更《よふ》かしして友香に勉強を教えた結果、今朝起きたら喉《のど》がガラガラで、おまけに微熱も少しある。

……ああ、最悪だ。

それでも模試を休むという選択肢はなかったので、私は市販の薬を飲んで会場入りした。

入試に近づけた問題が出る模試には、たくさんの人が参加していた。

事前に自宅へと送られてきていた受験票を持って受付を済ませると、私と友香は同じ教室だった。

試験時間は各教科五十分。模試で受けた教科の点数を元に偏差値を出して、自分が受験する志望校に受かる有望なラインがわかるというシステム。主にA、B、Cと三段階で判定結果が出る。

Aは合格有望圏、Bは合格可能圏、Cは合格努力圏。

去年、中学二年生を対象とした模試を受けた時、聖学への合格はB判定だった。

今年こそはAを取りたい。

いや、そのために勉強をしてきたのだから、Aでなければならない。

……自信はあるけど、体調が悪い。

とにかく今までしてきたことを信じてやるしかないと、ぼんやりとしている頭を働かせて試験に挑んだ。


試験から十日後、採点済答案と結果成績表が送られてきた。

一緒に確認しようと友香は今私の部屋にいる。

せーので便箋の封を開けて成績表を見てみると……。


【都立聖女学園 B判定】

結果は上がらずに去年と同じだった。

採点されている答案用紙を慌てて確認すると、いつもはしないミスばかりが目立つ。

国語、理科、社会の成績はよかったものの、英語のリスニングや数学の多項式などがぼろぼろだった。

不安はあった。模試の日はなんとか午前中は集中力があったけれど、午後には体調が悪化して結局持参したお弁当も食べられずに英語と数学の試験をやった。

その結果がこれだ。

それでも合格有望圏のAは取れているだろうと思っていたから……すごくショックだった。

「ねえ、見て亜子！　私もB判定だよ！」

私の気持ちとは真逆に、隣では友香が飛び跳ねながら喜んでいた。

「絶対にCだと思ってたから本当に嬉しいよ！」

友香の答案用紙を見ると、たしかによくできていた。

私が念入りに教えてあげた公式などもミスなく解答していた。

勉強の成果がでていて私も嬉しいはずなのに、それを素直に喜べない自分がいる。

だって模試の前日。私は早く寝て明日に備える予定だったのに『教えてほしいところがある』と友香が頼んできた。

風邪も引いていたし、これ以上悪化したくないからと遠回しに渋っていたのに、それでもお願いと友香は押し切って泊まりにきた。

すべてがそのせいだとは言わない。

でも、それがなかったら結果は違っていたかもしれないと思わずにはいられない。

「亜子と判定が一緒ってことは私にも合格できる希望があるってことだよね？　なんかますますやる気が出てきたよ！」

そう言って、友香が笑う。

……私と友香が同じ？

そんなの、ありえない。

今まで同じ高校を目指すことも、勉強を教えることも嬉しく思っていたけれど、初めて友香に対してイラッとしてしまった。


それから私の焦りを反映するように、友香の成績は驚くほど伸びた。よほど模試の結果が嬉しかったのか、まるでお守りのように成績表を持ち歩いている。

「ねえ、鈴木さんって第一志望が聖学なんでしょ？　模試もB判定だったらしいし、すごくがんばってるよね！」

友香の成績が上がるたびにクラスメイトたちの反応も変わってきた。

いや、友香のほうに自信がついて、積極的にコミュニケーションを取るようになったというほうが正しい。

「そんなことないよ。みんなはどこの高校にする予定なの？」

学校ではおとなしかった友香が、どんどん明るくなっていく。

私の友達と知らない間に連絡先を交換していたり、前は一歩下がって話を聞くだけだったのに、楽しく話してる輪にも入ってくるようになった。

今まで私たちのことを親友としては不釣り合いだと言っていた人でさえ、友香のことを認め始めている。

「亜子。今日は塾休みだよね？　放課後に図書室で勉強していかない？」

ホームルームが終わって帰り支度をしていると、友香がそばに寄ってきた。

「美術部に聖学を卒業したお姉さんがいる子がいてね、受験勉強の時に使ってたノートを借りてくれたんだ。入試の役に立つかも」

友香は聖学の説明会にも参加して、学校内でも受験に向けての情報を自分で得るようになっていた。

「試験内容は毎年変わるんだよ。何年も前のノートを参考にしたって意味ないよ」

「でも受験は傾向と対策が大切でしょ？」

……そんなの言われなくてもわかってるし。

なんでだろう。友香の努力が実って自信につながるたびに、私はモヤモヤとしてしまう。

「あ、図書室が落ち着かないなら亜子の家でもいいよ。どのみち下校時間の六時半には鍵が閉められちゃうし、移動する時間を考えたら……」

「私にだって都合があるよ」

「え、あ、そうだよね。ごめん……」

前はもっと謙虚《けんきょ》だったのに、最近の友香は図々《ずうずう》しいというか、塾以外の時間は全部自分に勉強を教えてくれと言わんばかりに私の気持ちを聞いてはくれない。

ずっと一緒に勉強してるから、ひとりで復習する時間もないし、なにより友香の成績が上がることで、私は気が散って集中できない。

「あのさ、これからは別々に勉強しない？」

本番まで四か月を切っているし、私も追い込み作業を始めないとまずい。

「……やっぱり私、邪魔《じゃま》になってた？」

別に邪険にしたつもりはないのに、まるで私が悪者みたいな言い方をされてしまった。

「邪魔とかじゃないって。でも友香も自分の力でやってみたほうがいいよ」

「……自分の力。そうだよね。自分でやることも必要だよね」

私の言葉を前向きに受け取った友香はその日以降、うちには来なくなった。


そして中学最後の三者面談を終えて、みんなそれぞれの受験校が決定する十一月。

私は久しぶりに友香と一緒に帰っていた。

「え、家庭教師？」

歩きながら自分の大きな声が響く。

「家庭教師って言っても親戚の人だよ。お母さんがうちは塾に通わせる余裕がないことを話したら、頭のいいお兄さんが勉強を見てくれることになったんだ」

「……へ、へえ」

「そのお兄さんね、東大卒なんだって！　そんな人が自分の親戚にいるなんてびっくりだよ」

最近友香と勉強をしてないからわからないけれど、今日担任と話していたところを見かけた。

なにやら成績について褒められているようだった。

「亜子は今どんな感じ？」

余裕にも見えてくる友香の顔。左腕には私とお揃いの時計をしていて、なんだか成長した友香がきれいに見えた。

「ど、どんな感じって、別に普通だよ」

なんで私が歯切れ悪く答えなきゃいけないんだろう。

なにかが崩れていく。

なにかが今までどおりにはいかない。

私は唇をぎゅっと噛んだ。

「あーもうっ！」

その日の夜。私はクッションに顔を埋めてジタバタともがいていた。

友香と別れたあと塾に行ったけれど、集中してないと怒られて、挙げ句の果てに先週やった模擬テストの成績が下がっていた。

この時期に下がるなんてあってはならない。

しまいには「志望校を変えるなら今だぞ」なんて言われてしまって、悔しくて仕方ない。

聖学に通うことは私の夢。

それ以外の高校なんて考えられないし、今さら周りにも言えない。

予定ではすでに受験勉強も佳境《かきょう》に入って、胸を張って来月には願書を提出するはずだったのに……どこから狂ってしまったんだろうか。

そんな焦りを抱えたまま学校では期末テストが始まった。内申点に大きく関わってくる大切なテストだ。

なのに、なのに……。

「え、嘘。鈴木さんすごいよ！　学年で二十位に入ってるじゃん！」

私はついに友香に抜かされた。

今まで私の周りに集まってきた人たちが友香に群がっている。

「偶然だよ。ちょっとヤマが当たっただけ」

謙そんしていた友香だったけれど、その表情は得意気だった。

……ぷつん。

なにかが私の中で音を立てて切れた。


もし自分が落ちて、友香が受かってしまったらどうしよう。

そんなことになったら、恥ずかしくて外を歩けない。

私がずっと一番だったのに。

みんなからうらやましがられる存在だったのに、みんな友香のほうばかりに注目し始めている。

なんなの、友香のくせに。

友香があの聖学の制服を着ていいはずがない。

あの制服が似合うのは私だ。

絶対に、友香なんかに負けたくない。

自分の中に芽生えた黒い感情。私はそれに導《みちび》かれるようにして、とある場所に向かった。

激しく威嚇《いかく》しているクラクションの音。忙《せわ》しなく行き交う車のせいで空気は濁《にご》っていた。

ここはなんでも願いを叶えてくれる幽霊がいるという、四番目の交差点。

うちの学校でもこの交差点のことは有名で〝幽霊高校生のまつりちゃん〟は街の都市伝説になっているほどだ。

けれど呼び出したら呪われた、会った瞬間に命を取られるなんて怖い噂もあるので誰も試そうとはしない。

私は不気味な交差点の前に立って深呼吸をした。

腕時計を確認すると時刻は午後六時。

空は灰色がかった褐色《かっしょく》になっていて、まさに魔物でも出てきそうな『逢魔が時』だった。

ゆっくりと青信号の横断歩道が点滅し始める。

鼓動の音と同じようにカチカチと光る回数を数えて、四回目の点滅の時に、私は小さく心で呼び掛けた。

〝きみに会いたい〟

すると、風に乗ってふわりと甘い匂いがした。

香りをたどると、電柱の下に置かれている花を見つめている女の子がいた。

「ねえ、お供《そな》えって言ったら菊の花なのに、マリーゴールドを置いていく人がいるなんて常識知らずだと思わない？」

どうやら甘い匂いはこの花からだったようだ。

こんなところに花が置いてあったなんて気づかなかった。

そもそもこの女の子はいつからここにいたんだろう。私が交差点に来た時にはいなかったはずだけど。

「マリーゴールドの花言葉は〝嫉妬《しっと》〟なんだよ。あなたは誰かに嫉妬したことはある？」

女の子はセーラー服を着ていた。

どこの学校のものかわからないし、面識もない人だけど、なぜか一方的に話しかけてくる。

「あの、この交差点の噂って知ってますか？」

私は女の子の質問には答えず、逆に質問をし返した。

「んー噂って？」

「願いを叶えてくれる幽霊がいるって聞いて呼び出してみたんですけど、なんか現れないみたいで」

……やっぱり都市伝説だから嘘なのかな。

私はけっこう信憑性《しんぴょうせい》があるというか、四番目の交差点に行けば簡単に会えるだろうと、安易《あんい》に思っていた。

「ふふ、あはは」

すると女の子は突然、甲高い声で笑い始めた。

「可愛いね。まだ中学生かな？　ダメだよ。簡単に幽霊を呼び出したりしたら。だってほら、もう私たち出逢っちゃった」

女の子が私の髪の毛を指ですくう。けれど、その指先はするりと私の体を通り抜けてしまった。

「……っ」

まさかこの人……。

私はようやく、彼女が交差点の幽霊だったことに気づいた。

「初めまして。私は萩野まつり。あなたは？」

「……か、片桐亜子」

「ふーん。亜子か」

女の子改め、まつりは小柄で可愛い人だった。

呪われるかはさておき、会った瞬間に命を取られることはないようで安心した。

「ねえ、亜子。これは願い人に対して毎回言っていることだからよく聞いてね」

まつりは私のことをまっすぐに見た。

「願いをなんでも叶えてあげる代わりに――あなたは大切なものをひとつ失う。それでも私に願う？」

最終宣告として試されている気がした。

まつりに願ったらもう引き返せない。

頭に友香の顔が浮かんだ。

芽生えたのは、やっぱり嫉妬だった。

「うん。それでもいいから私の願いを聞いて」

そう答えると、まつりはにこりと微笑んだ。

次の日。私はまつりと一緒に学校に向かった。

まつりいわく、今は私に憑いている状態らしく、そうすることで自由に動けて、私のために力を使うこともできるようになるんだとか。

教室に入ると友香はすでに登校していた。

いつも真っ先に私を見つけては寄ってきたのに、今はほかの友達と話していてこっちに気づきもしない。

「まつりちゃん。友香の周りに人が寄らないようして。目障《めざわ》りなの」

みんなが過度におだてるから友香は調子に乗るんだ。

「うん。わかった」

まつりから軽い返事が返ってきたあと、なにやら友香の周りにいた人たちがざわつき始めた。

「ねえ、なんか臭《くさ》くない？　なんの匂いだろう」

急にみんなが不快な顔になった。

「え、私はなにも匂わないけど……」と、友香はきょとんとしている。

「いや、なんか臭いよ。やだ。制服に匂いがつきそう」

願ったとおり、バタバタとみんなが友香の席から離れていった。

なにこれ、すごい……！

まつりは特別なことはしてないのに、簡単に言ったことが叶ってしまった。

「あれ、亜子」

周りに人がいなくなったことで友香が私の存在を見つけた。さっきまで見向きもしなかったのに、助けを求めるようにして寄ってきた。

「亜子はなにか匂う？　私はなにも感じないんだけど……」

もう弱いふりはやめて。

友香が意外としたたかだったことは知っている。

「うん。なんか臭いよ。友香から匂う」

「え……」

気にしている友香を横目に、私は別の友達のところに行った。

それから私は、今まで抱いていた不満をぶつけるように次々とまつりに願った。

教科書を紛失させたり、給食の時にわざと転《ころ》ばせたり、友香が困るたびに私は心がスカッとした。

「……なんか今日の私って本当にダメダメだよ」

その日の帰り道。友香がひどく落ち込んでいた。

まさかそのダメな原因を私が作っているなんて、夢にも思ってないだろう。

「気にすることないよ。失敗なんて誰にでもあるしさ」

「……亜子」

励ましながら、内心はほくそ笑んでいた。

かわいそうだけど、今はざまーみろとしか思えない。

友香だって自分の都合で私の勉強の邪魔をしたんだから、私もいろんなことを妨害していい権利はあるはずだ。

「……ねえ、今日は亜子と一緒に勉強したい。ダメかな？」

友香が言いづらそうにつぶやいた。

自信満々だった彼女はどこへやら。

でも私にすがるようにしてくる瞳は嫌いじゃない。

「うん。いいよ。久しぶりにやろうか」

試してみたいこともあるし、まつりがいればもう怖いものなんてない。

私は友香を連れて自宅に向かった。ひとつのテーブルを分け合うように向かい合わせで座り、すぐに私は友香に問題を出した。

「どうしたの？　シャーペンが動いてないよ？」

「え、う、うん……」

友香が問題を見つめたまま固まっている。

『友香の勉強を不得意にしてほしい』

実は先ほど私は、隙《すき》を見てまつりにこう願っていた。

本当に実行できるのか心配だったけれど、友香の学力は勉強が不得意だった頃に戻り、今は基礎の問題でさえ解けずにいる。

「これそんなに難しくないやつだよ？」

「そうなんだけど……」

友香はいくら考えても答えを見つけることができなかった。

こうやって努力が一瞬で水の泡になってしまうんだから、まつりの力は強力だ。同時に恐ろしいものでもあると思う。

もしもまつりが敵になって、自分がおとしめられてしまう側になってしまったらと考えると背筋が凍る。

でも、もっと怖いのは……。

「最近、調子よく成績が上がってたのにどうしたんだろうね？」

こんなことを平然と言ってしまう私のほうだ。

まさか自分の心にこんな悪魔がいたなんて知らなかった。

「こんなところでつまずいてたら聖学に受からないよ。たしか友香は滑り止めの高校も受けるんだよね？　聖学がダメでも、そっちがあるから問題ないか」

友香が悔しそうに眉毛を下げていた。

きっと私はなにもできない友香の上にいることで優越感に浸っていた。

だから友香が私を追い越すことは許さない。

ずっと私を見上げるだけの位置にいればいいのだ。

「ぷっ、あはは。いい気味！」

そして友香が帰ったあと、私はベッドに横になって笑いを堪《こら》えられずにいた。

「まつりちゃんって本当に神様みたいだよね」

こんなことならもっと早く呼び出しておけばよかった。

私たちが勉強をしてる時、まつりは退屈そうに部屋をぐるぐるとしていた。それで今は私のお気に入りのクッションの上に座っている。

「亜子と友香は親友でしょ？　ほら、ここに書いてある」

まつりはそう言って、部屋の壁に立て掛けられているコルクボードを指さした。

そこには幼稚園から現在までの写真が貼られていて、そのすべてが友香と撮ったものだ。

写真はペンなどでデコられていて、【ずっと親友】という言葉がキラキラと光っていた。

たしかに友香とは十五年間、一緒に過ごしてきた。

幼稚園のひよこ組から始まって、小学校でも中学校でもなぜかクラスさえも離れなかった。

大きな喧嘩をしたこともないし、定期的にお泊まり会を開いて夜通しおしゃべりをすることも珍しくない。

たぶん私たちの距離は誰よりも近かった。

近かったからこそ、ひとつの歯車が狂うと全てが合わなくなる。

「その時計も友香とお揃いじゃない？　友香のことが許せないのに外さないんだね」

まつりに目ざとく気づかれて、私は時計を隠すように左腕をうしろに下げた。

「……別に、時間を見るのにちょうどいいから使ってるだけ」

「ふーん」

まつりは私の味方だけど、なにを考えているかわからない。

なんだかいろいろと見透かされていそうで、やっぱり不気味な存在だ。

友香の学力が下がってから一週間が過ぎていた。

手のひらを返したように群がっていたクラスメイトたちも落ち着いて、友香は静かな学校生活を送っている。

そんな中で、今日は私を訪ねて後輩が教室にきた。

「片桐先輩って、聖学を受験するんですよね？　私も自分が中三になったら考えたいって思ってるんですよ」

　それは私のことを慕っている子のひとりだった。

「えーそうなの？　じゃあ、もし同じ高校に行けたらまた先輩後輩になるね」

「はい！」

　みんなからも期待されているし、もう自分が聖学の生徒になれる想像しかできない。

　上機嫌の中、校舎にチャイムが鳴り響いて数学の授業が始まった。

　すでに二学期で学ぶ範囲は終わりに近づいていて、授業の大半が入試に出やすいとされている応用問題をやるようになっていた。

「じゃあ、誰に解いてもらおうかな」

　先生がクラスメイトたちの顔を見渡した。そして指名されたのは目が合った私ではなく友香だった。

「鈴木。前に出てやってみろ」

「……は、はい」

　友香は自信がなさそうにゆっくりと立ち上がった。

黒板に書かれていた問題は私が模試でぼろぼろだった多項式の計算だった。

うわ、友香かわいそう。

けっこう難しい問題だし、なにより友香は私の願いによって勉強ができなくなっている。

期末テストの結果がよかったぶん、ここで間違えたら……と想像すると、自然に口元がゆるんだ。

「できました」

友香は小さくつぶやいたあと、チョークを置いた。

みんなが注目している視線の先で、先生が答えを見て拍手した。

「正解だ。ミスしやすいひっかけ問題なのによくわかったな！　すごいぞ！」

先生に賛同するようにクラスメイトたちも友香に向けて拍手を届けた。

……え、ま、待って。どういうこと？

たしかに私は友香の勉強が不得意になるように願った。

実際に友香は基礎問でさえ解けなかった。

なのに、なんでこんなに難しい問題が解けるようになってるわけ？

沸々と湧いてくる不安を必死に押し殺して、私は授業が終わったあと、すぐにまつりに詰め寄った。

「……なんで友香の勉強ができるようになってるのよ‼」

ひとけのない非常階段でまつりを怒鳴った。

もしかしてなんでも願いは叶うけれど持続性はないとか？

もしくは数日経ったら元に戻ってしまうとかそういうこと？

そんなの知らない、聞いてない。

「怒られるなんて心外だなー。私はちゃんと亜子の願いは叶えたよ？」

「じゃあ、なんで！」

また声を張り上げると、まつりが怪しげに笑った。

「亜子は友香の顔を見てないの？」

「は？　顔？」

「すごーく疲れてて目の下には隈《くま》ができてた。寝る間も惜しんで毎日毎日猛勉強してるんだろうね」

まつりは風で舞う落ち葉をわざと足で踏んで、グシャリとつぶした。

「だ、だからなんなの？　私は友香の勉強を不得意にしてってちゃんと頼んだでしょ」

「はあ……。説明しないとわからないなんて亜子って勘《かん》が悪いね」

「なっ……」

「私は亜子の望みどおり友香の勉強を不得意にしたよ。それによって学力は下がった。でも友香は取り戻したんだよ。努力っていう自分の力でね」

……努力？　取り戻した？

私がまつりに願ったのは一週間前。たったそれだけの期間で勉強ができていた頃、いや、それ以上の学力になったっていうの？

「友香はすごいね。普通はあきらめちゃうのに、あきらめないんだもん」

「……や……めて」

「これだったら受験までには間に合うかもね」

「……や、めて」

「まさにシンデレラストーリーじゃない？　落ちこぼれだった友香がみんなの憧れるお嬢様学校に行けちゃうんだもん」

「やめてって言ってるでしょっ‼」

まつりに掴《つか》みかかったけれど、無情にも手はするりと通り抜けた。

反動でよろけた私は壁にぶつかりそうになり、ギリギリで踏み止まっていると……。

「ねえ、亜子はあきらめちゃえば？」

私の背後にぴたりとまつりが憑いていた。

「は？　あ、あきらめるってなにを……」

ぞくりとしながら、今度は私がまつりに詰め寄られてしまっている。

「勉強することをあきらめて私に願えば簡単だよ。一番になりたい。負けたくない。

聖学に合格できますようにってさ」

まつりがわざとあおるような言い方をしてることはすぐにわかった。

たしかに遠回しなことなんてしてないで、聖学に受かることを願えば私の夢は叶う。

自分が思い描いている理想どおりの結果になる。

でもまつりの言ったとおりにすれば、私は負ける。

あきらめない友香に対して、私はあきらめたことになってしまう。

それはさすがに嫌だ。

友香をおとしめることは願っても、自分のことは自分でなんとかできる。

邪魔だったのは友香だけ。

あいつさえいなければ、私は今までどおりの私でいられる。


そして二学期も終わりに近づいた十二月。私は聖学へ願書を提出した。

見合った高校を選択する際に学力テストや中一、中二の通知表の結果を元に判断することになっていて、私は担任から『これだったら間違いなく大丈夫だろう』と太鼓判を押されるほど成績は安定していた。

聖学の入試は二月の上旬。

冬休みには冬期講習があり、受験対策コースを行う予定なので、徹底的に勉強ができる。

聖学の倍率はおそらく他校に比べて高いけれど、私が落ちる確率なんて一ミリもない。

「友香は一月に私立の滑り止めがあるでしょ？　調子はどうなの？」

探りを入れるために今日は久しぶりに一緒に帰っていた。

「うーん。どうかな。やれることはやってるけど」

「家庭教師の人は？」

「冬休み中もお願いしてるよ。年末には一通りのことが終わってあとは復習って感じかな」

もちろん友香は滑り止めの高校と一緒に聖学へ願書を提出した。

まつりが言っていたとおり、友香は学力を自力で取り戻した。

塾に通うこともなく、受験勉強を本格的にやり始めたのは三か月前だというのに、それにしては本当によくやってるほうだと思う。

「ねえ、亜子。冬休みに入ったら一緒に合格祈願しにいこうよ」

友香は私のことを信じて疑わない。

受験当日も一緒に行こうと誘われた。

本当にバカだな。あきれるくらい。

「いいよ。別に」

友香と出掛けるのも最後かもしれないし。まあ、受験に失敗して泣きついてきたら慰めてあげてもいいけれど。

それから学校では終業式を迎えて、冬休みに入った。

私たちは駅で待ち合わせをして、目的の神社まで電車で向かった。

それは聖学の近くの神社で、合格祈願のご利益《りやく》があるという有名なお守りが買える場所だ。

受験シーズンということもあって、神社は学生たちで混雑していた。

やれるだけの勉強はしたので、あとは神頼みという考え方はみんな同じ。

まずはお参りをして、しっかりとお賽銭《さいせん》もしたあとに、お守りを売ってる社務所《しゃむしょ》へと並んだ。

数に限りがある合格祈願のお守りを求めて、すでに長い行列ができていた。

お目当てのお守りは志望校に受かる――花が咲くという意味からピンク色をしている。

これを求めて地方からも買いにくるらしいし、私も友香に誘われなくても訪れる予定でいた。

「わあ、向こうで甘酒を売ってるよ！　あ、出店もある！　いいなーいいなー」

私たちが列に並んでいる最中、まつりはというと人混みをすり抜けてお祭り気分ではしゃいでいた。

神社ってお祓《はら》いもしたりするから、幽霊と相性が悪そうだけど、まつりは子供みたいに元気だ。

まつりが私以外の人に見えない存在だということは認識していたけれど、改めてこんなに大勢の人がいても誰ひとり気づかないことが不思議だった。

けれど、境内にいたのら猫がまつりのことを凝視《ぎょうし》していたので、動物には幽霊が見えるというのは本当らしい。

「時計してくれてるんだね」

なかなか進まない列を気にしていると、隣で友香が嬉しそうにしていた。

「私ね、亜子の親友でいる自信がずっとなかったんだ。どんくさいし不器用だし、自分でも嫌になるくらい。でも亜子と同じ聖学の制服を着ることができたら……私はやっと亜子の隣に並んでもいいって思える気がするんだ」

その言葉を聞いて、私は腕時計をぎゅっとした。

友香がまっさらな心を持っているほど、自分が薄汚れて見える。

私だってこんな気持ちを抱くはずじゃなかった。

本番まであと一か月。

友香はそのあいだ今まで以上に自分を追い込むほど勉強すると思う。

まつりの力を使って邪魔してやろうと思っていた。

でも今は心にブレーキがかかっている。

たくさん嫌なことをしてきたけれど、まだ間に合うだろうか。

純粋に友香と親友でいた頃に戻れるかな。

そんなことを思いながら、列は少しずつ進んで、私たちの番になった。

学力の神様がいるという神社だけあって、合格祈願のお守りは数種類あった。

「あの、ピンク色のお守りはありますか？」

私のほうが前にいたけれど、友香がすかさず売り場の巫女《みこ》さんに聞いた。

「はい。ございます」と、ピンク色のお守りを出してもらって友香がひとつ受け取る。

「私もほしいんですけど」

「申し訳ありません。ピンク色のお守りは今お渡ししたもので最後になります」

「……え」

お守りがあった場所には、品切れの札がすでに置かれてしまっていた。

「ほかの合格祈願ならご用意がありますよ」

同じ神社のお守りならご利益は一緒かもしれないけれど、私も買うならピンク色のがいい。

チラッと友香のほうを見ると、すでにお会計を済ませて袋に入れてもらっていた。

……なんで。

静まっていたはずの苛立ちが再び湧《わ》いてくる。

「え、品切れ？　数量限定ならもっと早く来たらよかったね」

友香は自分が買えたことで安心したのか、あっけらかんとしていた。

「亜子はどうする？　あっちの売り場にも別のものがあるみたいだけど」

は？　なにそれ。

そもそも私のほうが前にいたし、こういう場合は公平にじゃんけんとかで決めるんじゃないの？

ああ、やっぱりダメだ。

友香のことはもう生理的に無理っていうか、いちいち勘に障《さわ》る。

神社も一緒になんて来なきゃよかった。

「いらない。もう帰る」

「え、あ、亜子……」

これ以上、友香と同じ空気を吸っていたくなくて、私は足早に神社を出た。

……ガンッ！

イライラが止まらなくて、私は道端にあった交通安全の看板を蹴った。

周りの人たちがじろじろ見ていたけれど、今はそんなのどうだっていい。

「本当にムカつく」

友香さえいなければ、こんなに気持ちが荒れることはなかった。

受験はメンタルが大切だっていうのに、なんでこの時期にこんなに乱されなきゃいけないの？

「友香を置いてきちゃってよかったの？」

もちろんまつりは私のあとをついてきていた。

「いいよ、別に。あんなやつ」

友香の気持ちを聞いて、今までしてきたことを反省したっていうのに、それさえも苛立ちで消えてしまった。

もう不器用を理由にしたずる賢い性格にはうんざりだ。

と、その時。頭にある願いが浮かんだ。

黒い感情はこの瞬間にもどんどん私の中で育っていく。

「ねえ、まつりちゃん」

たとえ思い浮かんでも、これだけはかわいそうだから願わないって決めていたこと。

でも私の心のブレーキを壊したのは友香のほうだ。

「友香の受験を失敗させて。絶対にあいつを不合格にしてよ」

もう友香なんてどうでもいい。

邪魔な存在は消す。

それによって友香の将来が左右されたって、私には関係ないことだ。

「わかった。亜子の願いならなんでも叶えてあげる」

どこかで甘い香りがした。

それはまつりと出逢った時に嗅《か》いだマリーゴールドの匂い。

花言葉は嫉妬。

私のことをモヤモヤさせる友香なんて、泣いて不幸になればいいんだ。

それから年が明けて三学期が始まり、ついに聖学の入試の日を迎えた。

睡眠不足はテストに影響するので、昨日は早めにベッドに入り、起床も余裕をもってした。

緊張することなく朝ご飯を食べて、忘れ物チェックを念入りにしたあと、試験会場である聖学に向かった。

電車は通勤ラッシュのサラリーマンと受験生で混雑していた。押したり押されたりしながら駅に着いて、徒歩で聖学を目指す。

その中で、同じ方向を歩く他校の生徒がたくさんいた。おそらくライバルたちだろうと思いつつ、やっぱり私は当日だというのに落ち着いていた。

聖学に到着して、受験番号を確認しながら自分の教室を探した。

「……亜子」

すると、うしろからか細く声をかけられた。振り向くと、そこには友香が立っていた。

本当は今日、試験会場に一緒に行く約束をしていたけれど、神社の一件から連絡を取っていないので別々にきた。

「この前のこと、本当にごめんね」

友香は前日まで勉強をしていたのか。あるいは緊張で眠れなかったのか、私と違って不安が顔からにじみ出ていた。

「実はあのお守りはね……」

「いいよ、もう。気にしてないからさ」

そう、だって友香の結果は決まっている。

かわいそうだけど、私を怒らせたんだから仕方がない。

「まあ、おたがいにベストを尽くそうよ」

私はそう言って、残酷な笑みを浮かべた。

試験を受ける教室は友香と同じだった。しかも席は斜め前。きっとまつりに願っていなかったらまた気が散っていただろうけど今は大丈夫だ。

試験開始までは勉強の見直しをしてもいいことになっているので、カバンからノートと参考書を出した。

友香を見ると同様に参考書を開いていた。その左腕には私とおそろいの腕時計。

『どんくさい私にいつも付き合ってくれて本当にありがとうね。私、亜子がいるからがんばれるんだよ』

余計なことはしないで、私のあとを付いてくるだけの友香でいたら、こんな結末にはならなかったのに。

ごめんね。なにをしても友香は落ちる。

聖学に通うという夢は、私が代わりに叶えてあげる。

笑いが込み上げてくる中で、試験監督が教室に入ってきた。

「試験開始五分前です。筆記用具以外のものはカバンにしまってください」

そして、最初の科目である英語が始まった。

心に余裕があるおかげか問題はスラスラと解けた。それは面白いほどに。

友香が悩むようにシャーペンを止めていると、また可笑《おか》しくなったけれど、退室させられるわけにはいかないので必死で堪《こら》えた。

午前から午後をまたいで、五科目と面接の試験が無事に終了した。

試験後は学校に戻る決まりなので、見慣れた教室に入ると、ちょうど掃除の時間だったクラスメイトたちが寄ってきてくれた。

「亜子、お疲れ！　どうだった？」

今日いる生徒たちは、先週に試験を終えているスポーツ推薦組と私立組。私たちと一緒の公立の一般入試組も徐々に帰ってくる頃だろう。

「うーん」

「嘘、ダメだったの？」

「ううん。ばっちり！　やれることはやってきたよ」

「もうびっくりさせないでよー」

友達と楽しく騒ぐ私のうしろで、友香はひとりで自分の席に着いていた。

その日の帰り道。私は軽やかな足で鼻歌を歌っていた。

「上機嫌だね」

そんな私を見てまつりがクスリとしている。

「だって、やっと勉強から解放されたんだよ。機嫌くらいよくなるよ」

「まだ結果が出てないのに？」

「はは、試験は完璧だったよ。あれで合格じゃなかったら、裸で街を一周してもいいよ」

「えー面白そう！」

まつりの瞳が珍しく輝いた。

「そんなことより、ちゃんと友香は不合格になってるよね？」

確認のために強く聞いた。

「うん。もちろん。友香は試験に落としたよ」

「そっか。ありがとう」

また私は鼻歌を歌い始めた。


それからカレンダーの日付が変わって、三月の合格発表の日がやってきた。

私はわざと友香に一緒に見にいこうと誘った。もちろん落ちる姿を隣で見るために。

合格者一覧表は聖学の門を抜けてすぐの場所に貼り出されていた。

同じく合否を確認しにきた生徒たちが歓喜や落胆の声を出している。

とりあえず、まずは自分のを探そうと私は受験番号を握りしめて、一覧表に目を向けた。

私の番号は覚えやすいゾロ目。

一番最初から順に視線を追って、番号を探す。

……が、一度目は見過ごしてしまったようで見つからなかった。

なんせ合格者は一五〇人いる。背の高い受験生の人に視界を阻まれながら二回目の確認をした。

……あ、あれ？

なんで？

また見つからずに三回目。

何度も何度も受験番号と合格者表を見比べても、私の番号がどこにもない。

待って。そんなはずがない。

動揺してる中で、隣にいた友香がつぶやいた。

「……あった」

「え？」

友香の受験番号を見ると、たしかに合格者表に番号が載っていた。

「あ、亜子、私受かったよ……‼」

目に涙を浮かべて喜ぶ友香を見て、これは夢なんじゃないかと錯覚した。

だって、友香が合格してるわけがない。

それで、私が落ちてるはずもない。

これはなにかの冗談？

誰かのドッキリ？

リアルすぎて、笑えない。

手に持っていた受験番号が小刻みに震えていた。また最初から見直したけれど、私の番号はやっぱりなかった。

「……亜子、もしかして……」

「そんなわけない！」

気遣う言葉をかけられる前にさえぎった。

これはなにかの間違いだ。

私の番号を載せ忘れているに違いない。

「すみません。私の番号がないんですけど……」

フラフラとした足取りで、合否結果の生徒たちを見守っていた教員に声をかけた。

「番号がない受験生は不合格となります」

覇気のない私の声とは逆に、はっきりとした口調で言われてしまった。

……私が不合格？

ありえない。ありえない。ありえない。

「……っ、ちゃんと確認してください！　私が落ちてるなんて絶対に嘘です‼」

人目を気にせずに大声を出した。

「亜子。落ち着いて……」

「うるさいっ！」

止めにきた友香の腕を思いきり払った。

「……な、なんで。なんで私が落ちてアンタが受かってんの？」

私は友香のことを鋭く睨みつけた。

「受かってるわけない。だってまつりちゃんに……」

そうだ、まつりだ。

怒りの矛先《ほこさき》を変えて辺りを見渡す。

「出てきなさいよ！　いるんでしょ！」

「はーい」

するとｌ、まつりは陽気に私の前に出てきた。

バカにするように口ずさんでいるのは、私が歌っていた鼻歌だった。そんなまつりの態度にギリギリと奥歯を噛んだ。

「不合格にしてって頼んだでしょ！　どういうことなのよ！」

急になにかに向かってしゃべり始める私を見て、みんなが引いていた。

「えー私はちゃんと不合格にしたよ。だって友香は滑り止めの高校に落ちたもん」

「……は？」

「あれ？　違ったの？　だって私、聖女学園だとは言われていないよ。本当に叶えてほしい望みなら正確に願ってくれなくちゃ」

「ふざけんな……っ!!」

まつりに怒鳴り散らす私のことを心配した友香が近寄ってきた。

「あ、亜子。どうしたの？　大丈夫……？」

周りが変な目で見ている。

スマホを向けている。

笑っている。

なんで、私がこんな扱いをされなきゃいけないの？

順調だったはずなのに。

私は憧れの聖学に受かって、憧れ続けられる人になるはずだったのに……。

「……アンタのせいだ。友香が聖学なんて目指すから私の調子が狂った。私のうしろで目立たない存在だったのに。一生私の引き立て役をやっていればよかったのに、こんなのありえない！　全部全部アンタのせいだ！　アンタが落ちればよかったんだ‼」

息継ぎも忘れて言い放った。

完全に我を忘れていた。頭に血がのぼるとはこのことだ。

「やっぱり私のことそんな風に思ってたんだね」

友香が冷静に私のことを見ていた。

その目は悲しんでいるわけでもなく、あきれているわけでもなく、まるで私に対しての感情がゼロになったような視線だった。

「私は亜子のこと親友だって信じてたよ。でも亜子はそうじゃなかったんだね。バイバイ。もう、亜子とは話さない」

そう言って、友香は私とおそろいの腕時計を自ら外した。

ざわめきが収まらない空気の中、友香は私に背を向けて振り返らずに去った。

「ねえ、亜子」

ひとりになり、まつりが再び声をかけてきた。

「言い忘れてたけど、試験の時、英語と理科の解答欄がズレてたよ」

「……え」

「チラチラと友香のことをあざ笑いながら気にしてるからだよー」

つまり不合格は誰のせいでもなく、自分のせい。

「でもさ、落ちてよかったんじゃないかな。だって、成績を上げていく友香が怖いからって私を頼りにしてきた時点で、亜子は友香に負けてるもん」

そう言われた瞬間、全身の力が抜けてしまい、私は地面に崩れ落ちた。

「じゃあね、亜子。裸で街を一周するならこっそり見にくるね」

明るいまつりの声は、私の耳に聞こえていなかった。

それから私は周りが驚くほど荒れた。

滑り止めを受けていなかったので、とりあえず第二次募集をしている学校を受験して受かったけれど、嬉しさなんて微塵《みじん》もない。

聖学に落ちたことでプライドも失って、卒業まで誰とも会話をすることなく過ごした。


「友香、待ってよ」

自分の理想とかけ離れている高校に通うようになって、しばらく経った頃。

街中で友香を見かけた。

聖学のエンブレムをつけて、真っ白な制服のスカートを揺らしながら、新しい友達と楽しそうにしていた。

自暴自棄になって、暗い学校生活を送っている自分とは大違いだ。

友香とすれ違う時に目が合った。

おたがいに素通りして、立ち止まって振り向いたのは私のほう。

これはあとから知った話だけど、一緒に行った合格祈願の神社で友香は絵馬を書いていたらしい。

【亜子と聖学に合格して、笑い合えますように】

一番目立つところにピンクのお守りを添えて、下げられていたそうだ。

きっと私は、いろいろなことを間違えていた。

でも今さら気づいても取り戻すことはできない。

私は友香のうしろ姿を見ながら、ひとりで歩きだした——。

＊　＊　＊

「あ、そういえばマリーゴールドの花言葉って、嫉妬のほかに絶望だったっけ？」

私は四番目の交差点から、オレンジ色の空を見上げていた。

片桐亜子は、願いを叶えた代わりに親友を失った。

なにかが違えば、選択を間違えなければ、ふたりは一緒に春を迎えられたかもしれないのに。

「うわ、また花が置かれてる。この交差点怖すぎ」

早歩きで逃げていく女の子たち。

たしかにここの交差点は恐ろしい。

だって願い人を利用しながら、自分の願いを叶えようとしてる幽霊がいるのだから。

第四幕　可愛くなりたい

外見より中身が大事なんて、そんなのは嘘。

「あーやっぱり上手くいかない！」

私こと山中桜《やまなかさくら》は朝から鏡の前で唸《うな》っていた。

癖の強い髪の毛をアイロンで伸ばしたまではよかったものの、まぶたが重すぎて奥二重がどうしても二重にならない。

「桜、遅刻するよ！」

一階の階段下でお母さんが叫んでいた。

「はーい！　今行くから！」

結局、私は途中までした化粧をすべて落として、いつものように素顔のまま学校へと向かった。

「おはよう、桜」

昇降口で友達の渡辺涼香《わたなべすずか》と会った。涼香は今日も可愛くて、髪の毛も三つ編みにしていた。

「あれ、なんか今日髪型違う？」

「う、うん。ストレートにしてみたんだけど……」

「新鮮でいいね！」

「本当？」

安心したのもつかの間に、教室に入ると仲のいい男友達が近づいてきた。

「山中、どうしたんだよ。お前だけ雨にでも濡れたの？」

たしかに髪の毛はワックスを付けなかったので、ぺたんこになっていた。

「は？　違うし！」

「みんなー！　山中が女に目覚めたぞ！」

「うるさい、バカ、黙れ！」

乱暴な言葉で男友達に言い返していると、クラスメイトの中嶋翼《なかじまつばさ》くんと目が合った。

その瞬間、私の心臓はドキリと跳ねあがる。

「山中、おはよう」

「う、うん。おはよう」

「髪型いいじゃん。伸ばしたらもっと似合いそう」

「そう、かな」

私は不自然に髪の毛をさわった。

翼くんはクラスの人気者であり、他校の生徒がわざわざ出待ちするほどモテる人。

このクラスの大半の女子が翼くんのことを狙っていると言っても過言じゃないくらい。

「翼くんって、どんな人がタイプなんだろうね」

もちろん涼香もほかの女子たち同様に、彼に片思いをしてるひとりだった。

「噂では中学の時に付き合ってた人は、芸能事務所に入るほどの可愛い人だって聞いたけど」

「……やっぱりそうだよね」

涼香がわかりやすく残念な声を出していた。

翼くんは自分がイケメンだということを鼻にかけるわけでもなく、気さくで優しい人だからみんなが好きになってしまう。

でも翼くんは雲の上の人。告白してフラれてしまった人もたくさんいるし、どんなに恋心を持っていても彼女になれるなんて誰も思っていない。

「山中、ちょっとこっち来て」

黒板の前で友達と楽しく話していた翼くんが、私のことを手招きしていた。

涼香に断りを入れた上でそばに行くと、翼くんたちはゲームの話で盛り上がっていた。

「山中はメインクエストどこまで進んだ？」

「私は第二部の王国かな」

「マジで？　第一部のラスボスどうやって倒した？」

私は翼くんに攻略の仕方を丁寧に教えた。

誰も私がひそかに化粧品を買い揃えていることも、二重にするために悪戦苦闘《あくせんくとう》していることも知らない。

だって私は男子から男おんなと言われるくらい、女らしくないから。

声も低いし、筋肉質の寸胴《ずんどう》で足も太いし、おまけに肌は地黒。

男の子がスカートを履いてるなんて言われてしまった過去もあるので、体育がある日はそのままジャージで過ごすことも多い。

趣味のゲームを通じて男友達と気が合うので、「山中といても女子って感じがしない」と言われてしまうくらい私は男子の輪に溶け込んでいた。

「桜はいいよね。翼くんと仲良しでさ」

その日の昼休み。天気のいい中庭に集合して、女友達とお弁当を食べていた。

「仲がいいっていうか、女扱いされてないだけだよ」

「それでも私なんて名前すら呼んでもらったことないよ！」

翼くん狙いの女子からうらやましがられることは多いけれど、妬《ねた》まれることはない。

お弁当は面倒だからと購買のパンで昼食を済ませて、おまけに男子が横を通っても気にしないであぐらをかいている。

そんな私が女の子扱いされていないのは、女子たちのほうが知っていることだった。

「ああ、翼くんって、なんであんなにカッコいいのかな」

空を仰ぎながら想いを馳《は》せるように、みんな彼に恋をしている。

現在、翼くんに彼女はいない。

特別に親しくしている人もいない。

話しかければ気さくに答えてくれるし、自分に好意がある人を遠ざけたりはしないので、彼のファンは日に日に増えていく。

そんな中でいつしか女子のあいだには、こんな暗黙のルールができていた。

〝翼くんはみんなのもの〟

恋をしてもいいけれど、抜け駆けすることは禁止。

過度に接触しようとしたり、ふたりきりになることは裏切りだと女子の中で決められているらしい。

「誰とメールしてるの？」

女子たちが翼くんトークで盛り上がっている隣で、涼香はずっとスマホをさわっていた。

「友達だよ」

「へえ、男？」

「もう、見ないでよ！」

わざと画面をのぞくふりをすると、バシッと肩を叩かれてしまった。

中学まではわりと部活の話題のほうが多かったのに、高校生になるとほとんどが好きな人や彼氏の話ばかりになった。

好きな人のために可愛くなりたい。

彼氏の好みに合わせたい。

そんなの自分には関係ないと思っていたのに、最近は自分の容姿を少し気にしている。

性格も含めて男っぽいけれど、別に男になりたいわけじゃない。

だからひそかに女の子らしくなろうと努力していたりするけれど……。今朝の男子みたいに「女に目覚めたぞ」なんてからかわれるのも嫌だった。

「みんなの弁当、可愛いね」

すると、友達と歩いていた翼くんが私たちの横を通りかかった。

翼くんが現れたことで急に女子たちはそわそわとし始めて、声のトーンも自然に高くなる。

「わ、翼くん。あ、これ食べてもいいよ。作りすぎちゃったから」

「私、フルーツ持ってきたよ！」

みんなが露骨にアピールする中で、涼香だけがうしろに隠れて声すら出せずにいた。

「涼香、翼くんと話さなくていいの？」

「話したいけど、恥ずかしい……」

涼香は照れたように顔が赤くなっている。

ここぞとばかり翼くんと仲良くなろうとする女子とは違って、涼香はいつも控えめだ。

けれど涼香が誰よりも女の子らしいことを私は知っている。

お弁当だって動物のピックが付けられていたり、休み時間ごとに手鏡を見て化粧チェックをしていたりする。

小柄で顔も可愛いけれど、翼くんの前では恥ずかしさでうつ向いていることも多かった。

「山中、これあげるよ」

翼くんは私になにかをくれた。それはラーメンの大盛り券だった。

みんなはそれを見てやっぱり「いいなー」と言っていたけれど、私の気持ちは複雑だ。

女の子らしくない私でもそれなりに恋心はあって、実はみんなと同じように翼くんに好意を持っていた。

気軽に名前を呼んでくれるのも、友達の輪に入れてくれるのも嬉しいけれど、それは翼くんが私のことを女の子として見ていないからだ。

でも今の関係を壊したくないし、誰かのものになってしまうなら、翼くんはみんなのものというルールのように、誰のものにもならないほうがいい。


そして週末。私はリビングのソファに座って、自撮りをしていた。

加工もできるカメラアプリは普通に撮るだけで二倍は可愛くなる。地黒の私が白く見えるだけではなく、アイメイクやリップも勝手に上乗せしてくれた。

「こわ、詐欺じゃん。これ」

あまりに写真と実物の差がありすぎて、ひとり言を言ってしまった。

「なにしてるんだ？」

と、そこへ仕事が休みのお父さんが同じソファに腰かけてきた。

「ちょ、近いんだけど」

「いいじゃないか、別に」

たぶんうちの家族は普通の家よりも仲がいい。

小学校高学年までお父さんと一緒にお風呂に入ってたくらいだし、今でも胸はまな板なので家の中ではタオル一枚とかでも全然歩けてしまう。

「ねえ、お父さんとお母さんって大学のサークルで知り合ったんだっけ」

「うん。父さんも母さんもテニスは強かったんだぞ。大会にも出たりしてたな」

「その話は一〇〇回聞いてるよ」

両親は今でも体を動かすのが好きなので、ジョギングをしたり、最近では地域のソフトボールチームに入ることを検討してるらしい。

つまり私の筋力や骨格がしっかりしているのは、両親からの遺伝子というわけだ。

「はあ、もっと大きい目ならよかったのに」

私は先ほど撮った写真を見た。カメラアプリではぱっちりしていた目も、実際は残念なほどの奥二重。

もう少し皮膚が薄かったらアイテープでなんとかなるっていうのに、なんでこんなに分厚いんだろうか。

「桜の目は可愛いよ。シュッとしてて」

「シュッじゃなくてクリッとしたいんだよ！」

「はは。桜も年頃だな」

もう、笑いごとじゃないよ。

お父さんと話しているうちに出掛ける時間になり、私は家を出た。

「桜、いらっしゃい」

着いたのは涼香の家だった。やることがなくて暇だと連絡したら『じゃあ、うちにおいでよ』と誘ってくれたのだ。

「散らかってるけど入って。今飲み物持ってくるね」

私を部屋に招いてくれたあと、涼香はリビングへと向かった。

散らかっていると言っていたけれど、涼香の部屋はとてもきれいで、ピンク色を基調としている女の子らしい部屋だった。

「あ……」

私は腰を下ろす前にあるものを見つけた。それは窓際に飾られている翼くんと涼香のツーショット写真だった。

これは体育祭の時にみんなで翼くんの元に行って、ひとりずつ撮ってもらったものだ。

本当は私も一緒に撮ってほしかったけれど、キャラ的に言える雰囲気じゃなくて、結局みんなからスマホを預けられて撮る側に回っていた。

……いいな。やっぱり私も撮ってもらえばよかったな。

そんな後悔をしていると、涼香が部屋に戻ってきた。

「お待たせ。冷たい紅茶しかなかったんだけど大丈夫？」

「うん。ありがとう」

白いテーブルに向かい合わせで座ると、涼香は紅茶と一緒にクッキーを持ってきてくれた。

「よかったら食べて」

「いいの？　涼香の手作り？」

「うん。でも試作として作ったものだから、ちょっと形がいびつで欠けてるのもあるけど……」

「でも味は美味しいよ！」

私は遠慮なく次々とクッキーを食べた。

そういえば涼香はお菓子作りが趣味だって聞いたことがある。女子力が高いうえに、お菓子まで作れちゃうなんて本当にすごいし尊敬する。

「そんなに食べてくれて嬉しいよ」

「わ、ご、ごめん。美味しすぎて全部食べちゃった」

「ふふ、ううん。桜のためにもっと作っておいたらよかった」

なんていうか涼香は癒し系でふわふわしている。私服もフリルが付いている肩出しのワンピースだし、体の線が細くてうらやましい。

「なんか翼くんね、きゃしゃな子が好きらしいよ」

「え、そ、そうなの？」

涼香と自分の体型を比較してガッカリしていたところだったのに……。

「みんな翼くん好みになろうって、ダイエット始めた人もいるって」

「マジで？」

体重は重いわけじゃないけれど、バランスが悪い体型もまた両親からの遺伝子。

努力で補える部分はもちろんあるけれど、やっぱり生まれ持った素質も重要だと思う。

「ライバル多すぎだよね。翼くんファンはみんな可愛い人ばかりだし」

「え、涼香も十分可愛いよ？」

男子たちと話している時、私がいるというのに可愛い女子ランキングを勝手に言い始めることがある。

そういう時はだいたい、涼香は上位にいる。もちろん私は圏外。というか数にも含まれていない。

「そんなことないよ。私は桜のほうが絶対にモテると思ってるよ」

「いやいや、ないって」

「桜みたいにボーイッシュが好みの人もいるし、なにより性格のよさは私が保証する！」

「ちょっとそれって性格しか褒めてないじゃん！」

私は笑いながら突っ込んだ。

昔から性格だけはいいと言われていた。人の悪口も言わないし、人を仲間外れにしたこともない。

少し癖のある人でも柔軟に対応できるから、彼氏はできないけれど、友達はたくさんできた。

ポジティブに考えれば、翼くんの好みじゃなくても友達としてならずっとそばにいられる。

ゲームや漫画の話をして仲良くいられたら、遠巻きに見つめている女子たちよりは幸せかもしれない。

「私、本音でしゃべれるのって桜くらいかも」

「えーなんで？」

「クラスの女の子たちはなんていうか裏がありそうで、あんまり自分のことを見せたくない感じがして……」

「まあ、たしかに女子の世界は怖いよね」

「うん。でも桜は絶対に裏表がないし、さっぱりしてる性格が話しやすくて本当に大好きなんだ」

大好きなんて言われたことがないから、普通に照れてしまった。

それから数日が経って、今日も二重にしようとがんばってみたけれど、プッシャーで上げたまぶたはすぐに元の位置に戻ってきた。

なにが強力な接着タイプのノリだよ。塗れば一日キープなんて嘘じゃん。一秒ももたなかったよ。

ぶつぶつと商品に文句をつけながら、とりあえず髪の毛だけはアイロンでまっすぐにした。

けれど時間をかけた髪の毛も湿気という天敵のせいで、学校に着く頃にはいつもの無造作ヘアに戻っていた。

……これじゃ、男の子に間違われても仕方ない。

可愛い女の子になるためにはどうしたらいいんだろう。いろいろとやってみても空回りばかりしてる気がする。

――ガラッ。

ため息をつきながら教室のドアを開けると、なぜか空気がピリッとしていた。

おはようと挨拶できる雰囲気でもなく、不満そうに見つめている女子の視線の先には涼香がいる。

どういうわけかその隣には翼くんもいて、ふたりは仲がよさそうにしゃべっていた。

「な、なにがあったの？」

私は一番近くにいた友達に聞いてみた。

「涼香が抜け駆けしたんだよ」

「え？」

「翼くんに告白してオッケーもらって彼女になったって」

……う、嘘。

たしかにふたりの距離感は、ただのクラスメイトという感じではない。

翼くんといつも一緒にいる友達たちも「翼に彼女ができたぞー！」とバカみたいに盛り上がっていた。

「ちょっと男子マジでうるさいから！」

「翼ファンがキレてまーす」

「は？」

殺気立っている女子たちは本当に怖いくらいピリピリしていた。

涼香が翼くんの彼女になった？

教室でもあまり話しているところを見たことがないし、家に遊びに行った時もそんなことはなんにも言ってなかったのに……。

「なんか涼香さ、知らないあいだに連絡先交換して、この前もわざわざ手作りクッキーを焼いてあげたりしてたみたいだよ」

女子が腕組みをしながら、あきれた声を出していた。

……手作りクッキーって、もしかして私も食べたやつ？

涼香は試作で作ったと言っていたので、最初から翼くんにあげるつもりだったのかもしれない。

「あ、桜おはよう！」

私に気づいた涼香が翼くんから離れて駆け寄ってきた。

どうしよう。顔が見られない。

翼くんへの好意を隠してきたとはいえ、今は動揺が全面に出てしまっている。

「ごめんね。黙ってて。桜には事前に言おうと思ってたんだけど……」

桜が口を開くだけで、女子の視線が鋭くなる。それが凶器みたいに怖かったので、
私は涼香の手を引いて廊下に出た。

「翼くんに告白したって本当なの？」

「うん。昨日」

「どうやって？」

「話があるから公園に来てほしいって、私から呼び出しちゃった」

内気に見えていた涼香にそんな勇気があったなんて知らなかったし、連絡先を交換していたことも私は聞いていなかった。

「クッキーもあげたって……」

「うん。翼くんはバター入りのシンプルなものが好きだって言ってたから、なんとか自信作を作ろうって張り切りすぎて、試作品ばかりが増えちゃった。でも桜が食べてくれたからよかったよ」

……なにそれ。

じゃあ、私は翼くんにあげるための練習クッキーを美味しいって食べてたってこと？

みんなが見てるところでは積極的に話しかけたりもしなかったのに、裏でこんなアピールしていたなんて……。

「本当に彼女になれて夢みたいだよ」

涼香は嬉しそうに笑っていた。

涼香が翼くんと付き合い始めたことは、瞬《またた》く間に学校中に知れ渡った。

どんな子だろうとわざわざ教室に見にくる人もいたり、写真を撮っている人もいる。

でも涼香は動じることはなく、自分から翼くんの席に近寄って体をさわったりしていた。

まるで彼女の特権と言わんばかりの態度を女子たちが放っておくはずもなく、昼休みに涼香はひとけのない場所に呼び出された。

「翼くんはみんなのものだっていうこと、忘れたの？」

クラスメイトだけじゃなく、翼くんファンのほかの同級生たちも涼香のことを取り囲んでいた。

「ルールがあるのは知ってたけど、誰が決めたかわからないものを守らなきゃいけないのはおかしいと思う」

学校ではおとなしい涼香が堂々とした口調で言った。

きっと涼香は批判されることも不満を言われることもわかっていた。

それでもなにか行動しないと翼くんには伝わらないと、みんなの知らないところでアピールしていたのだと思う。

「ひとりだけ抜け駆けして、ただで済むと思ってんの？」

「私になにかしたいならすればいいよ。その代わり翼くんにすぐに話すから」

「は？」

「翼くんは彼女を作るとその人が嫌がらせをされるから、ずっと作れなかったって言ってた。もし私になにかしたら翼くんに嫌われるよ。それでもいいの？」

「……っ」

涼香は驚くほど強気だった。

翼くんの彼女になれた自信と覚悟が、そうさせていたのかもしれない。

「あいつマジで許せない」

もちろん涼香の言葉に女子たちが引くわけがなかった。

翼くんはみんなのものという団結力があったぶん、涼香はすぐに嫌がらせを受けるようになった。

教科書を破られたり、物を捨てられたりするのは序の口で、しまいには掃除で使ったバケツの水も上からかけられるようになった。

「涼香に嫌がらせしてるのは誰だよ！」

そんな様子に、翼くんが黙っているはずがない。

温厚で優しい彼が教壇の前に立ってクラスメイトの女子たちを怒鳴っていた。

「えーわかんない。誰のこと？」

「っていうか、嫌がらせされてるのも初めて聞いたし。ねえ？」

「うんうん。そんなことするなんて信じられない」

翼くんに嫌われたくない女子たちは知らないふりをしていた。

正直、翼くんのファンは大勢いるので、誰がなにをやっているという特定は難しい。

そのくらい涼香は女子たちの敵になっていた。


その日の帰り道。涼香は制服が水で濡れてしまったので、翼くんのジャージを着ていた。

「大丈夫？」

「うん。翼くんがいるから平気」

嫌がらせをされるようになって、ふたりはますます距離が近くなっていた。

翼くんはつねに涼香のことを守っているし、教室移動の時も涼香は彼にべったりなので、私と行動することは少なくなっていた。

「あのさ、周りが落ち着くまでちょっと翼くんといるのはやめたほうがいいんじゃないかな」

涼香の行動は女子たちをさらに逆撫《さかな》でしてるだけ。これ以上ヒートアップしてしまったら、本当になにをされるかわからない。

「なんで？　翼くんは俺から離れないほうがいいって言ってくれてるよ」

「うん。でもさ、男子の感覚と女子の感覚は違うじゃん。翼くんがああやって教室で怒ることも、女子たちからしてみたら面白くないんだって」

「大丈夫だよ。なにかあれば翼くんに……」

「翼くん翼くんって、うるさいな」

恋に盲目《もうもく》になっている涼香についイライラしてしまった。

「こんなこと言いたくないけど、やっぱり抜け駆けした涼香も悪いところがあったと思うよ」

翼くんがみんなのものというルールは、たしかにおかしかったかもしれない。

陰《かげ》で告白して玉砕《ぎょくさい》していった人もいるので、ルールを破っていた人は涼香だけじゃない。

でも、付き合うことになってから翼くんは自分だけのものって感じで、教室でも引っ付いているのは違うと思う。

「抜け駆けじゃないよ。私は翼くんのことが好きだから、好きになってもらえるように努力してただけ」

「そうかもしれないけど、翼くんのことを好きでいた人の気持ちもわかってあげなくちゃ」

「わかってるけど、それに気遣ってたら私は彼女なのに翼くんと話すこともできないよ」

涼香の言い分も理解できるけれど、やっぱり浮かれている部分もあると思う。

「私は本当に翼くんに振り向いてほしくていろいろとやった。それでやっと彼女になれたの」

「…………」

「普段から女の子扱いされてない桜にはわからないかもしれないけど、可愛く思われるって本当に大変なんだよ」

涼香の言葉にトゲを感じた。

女の子扱いされていない私を見下《みくだ》しているような、そんな私は可愛くないと言っているように聞こえてしまった。


次の日。学校に行くと下駄箱の周りでクラスメイトの女子たちが集まっていた。

「……みんな、おはよう」

昨日の会話が尾を引いていて、私はテンションが低かった。

「おはよう。桜、これ見て」

友達が持っていたのは白いビニール袋。

人さし指と親指でつまむように持っていたそれからは、なにやらツンとした悪臭が漂っていた。

「な、なにそれ」

「生ゴミだよ。涼香の下駄箱に入れてやろうと思って」

友達は戸惑うこともなく、ビニール袋を逆さまにした。まだ登校してきていない涼香の上履きが一瞬で生ゴミだらけになった。

「や、やめなよ。そんなことしたら涼香は今日……」

「いいじゃん。靴下で過ごせば」

恨みというより楽しんでいるようにも感じる。

さらにほかの女子が追加の生ゴミを持ってきた。どうやらそれも下駄箱に入れるつもりらしい。

「桜もやりなよ」

「やらないよ。ダメだよ。こんなこと」

「だって涼香ムカつくじゃん。桜は涼香にムカついたことないの？」

「それは……」

「はは、あるんじゃん！　なら、このゴミは桜にあげるから日頃のストレスと一緒にぶちまけちゃいなよ」

そう言って理不尽に生ゴミを預けられてしまった。

いらない……というか汚い。

生ゴミってどこに捨てればいいんだろうと思いながら、私は涼香のことを思い出していた。

本音で話せるのは私だけだと言っていたのに、結局涼香は口だけだった。

翼くんのことをなんにも相談してこなかったし、告白が成功してからは寄り付いてもこなくなった。

なにが桜みたいにボーイッシュが好みの人もいるだよ。

結局、女の子らしくない私のことを下に見てただけじゃん。

考えれば考えるほど不満が湧いてくる。

嫌がらせはよくない。それはわかっている。

でも、このゴミを下駄箱に置くぐらいは……。

私はすでに悪臭がしている下駄箱に、預けられた生ゴミをそっと置いた。

すると、背後で人の気配がして振り向く。

「山中、なにしてんだよ」

それは翼くんだった。

「え、あ……」

慌てて手を引っ込めた反動で、バラバラと涼香の下駄箱から汚いゴミが落ちてきた。

「ち、違う。私は……っ」

言い訳しようとした唇が止まった。怖い顔をしている翼くんの隣には涙ぐんでいる涼香がいた。

「桜、ひどいよ」

生ゴミだらけになっている下駄箱を見て、どうやら私がやったと涼香も勘違いしているようだった。

「私じゃないよ！」

「なに言ってんだよ。山中がゴミを置いてるの、俺たちはしっかり見たから」

「だからそれは……」

どうしよう。なにを言っても信じてもらえない空気だ。

タイミングが悪すぎる。涼香とは昨日の一件でぎくしゃくしているところだし、下駄箱に生ゴミをぶちまけたのは私じゃないけれど、二個目のゴミを置いたのは私だ。

なんて言ったら誤解が解けるのか悩んでいると、翼くんが悲しそうな顔でため息をついた。

「俺、山中だけはそういうことをしないヤツだと思ってたよ」

翼くんの幻滅した表情を見て、心臓がバクバクした。

女子の中でも私は特別に仲良くしてくれていたのに……。

「陰で嫌がらせしてるとか本当に最低だよ」

落ち込む涼香を支えるようにして、翼くんは私の横を通り過ぎていった。


ど、どうしよう……。

ふたりとも勘違いしてるし、なにより翼くんに嫌われてしまうのが怖かった。

私はあとを追うように教室へと向かった。けれど、私が生ゴミを入れていたことは広まってしまっていて、涼香はずっとうつむいて泣いていた。

「涼香、かわいそう。桜と仲がよかったのに」

「こんな裏切りってひどいよね」

クラスメイトは涼香を気遣いながら、私に冷ややかな視線を送っていた。

「山中ってサバサバしてると思ってたのに、裏では陰湿なことしてたんだな」

「なんかもう、そういう目でしか見れなくなったわ」

よく話してくれていた男子までもがガッカリしている。

「ま、待ってよ。違うんだって！」

私は助けを求めるように、生ゴミを渡してきた女子たちのことを見た。でも、視線はすぐにそらされてしまい、代わりに涼香の肩に手を置いていた。

「いくら嫉妬とはいえ、下駄箱に生ゴミを置くなんてありえないよ」

女子たちは寝返ったように涼香側に付いた。

「私じゃないよ。なんでこんなこと……」

半泣きになる中で、翼くんがとどめのひとことを言った。

「今までの嫌がらせも全部山中がやってたんだろ。お前って性格もブスだったんだな」

そう言われて、膝から崩れ落ちる感覚がした。

それから私は学校で孤立するようになった。

涼香に嫌がらせをしていた女子たちは翼くんに嫌われたくないと、一連のことをすべて私がやったことにしていた。

なにを言っても信じてもらえずに、今度は私がみんなの敵になってしまった。

そして次々と聞こえてくる私への本音。

「桜って、ぶっちゃけ男子の輪に入ってる時って自慢気な顔してたよね」

「わかる！　翼くんに好かれてますアピール」

「女子力低く見せといて、一番あざといやり方」

「みんな気づいてたよね。桜も翼くんのことが好きなことくらい」

教室にいても廊下を歩いていても、私のことばかり。しかも私のことを悪く言えば言うほど、なぜか涼香の評判だけが上がっていく。

「みんな今でも翼くんのことが好きだけど、涼香が彼女なら納得だよね」

「うん。可愛いし、どこかの男おんなとは大違い」

「涼香に嫉妬したところで、翼くんに相手にされるわけないじゃんね。だって顔ブスだもん」

友達だと思っていた人たちの黒い声。

みんながそんな風に私のことを思っていたなんて知らなかった。

たしかに涼香は可愛いし、誰よりも女の子らしい。

一方の私は可愛くないし、誰よりも女の子らしくない。

私だって本当は可愛くなりたかった。
でもそうなれないから、自分で自分が生きやすいキャラクターを探した。
それがサバサバしている男の子みたいな私。
そのおかげで友達も多かったし、容姿は欠点だらけでも性格だけには自信があった。
だけど、ふたを開ければ、中身なんて結局誰も見ていなかった。
涼香は可愛いから許されて、私は可愛くないから許されない。
――『お前って性格もブスだったんだな』
仲良くしていた翼くんでさえ、私のことをブスだって思ってた。
自分で自分を否定するより、好きな人に否定されたことが一番悲しい。
どうやったらみんなを見返すことができるだろうか。
どうやったら、私はみんなに認めてもらえるだろう。
沸々《ふつふつ》と今まで感じたことのない悔しさが込み上げた。
その日の夕方。私は四つの横断歩道がある十字交差点にいた。
ここにくるまでは快適な気温だったというのに、着いた途端に空気は息苦しいほどにどんよりとしていた。

私はスマホの画面を見ながら、願いをなんでも叶えてくれると噂の萩野まつりを呼び出せる方法を確認していた。

四番目の交差点に立って、横断歩道の信号機が青から赤に変わる四回目の点滅の時に〝きみに会いたい〟と心の中で呼び掛けると、彼女に会うことができるらしい。

信憑性はないけれど、幽霊高校生のまつりちゃんに会ったことがあるという人はSNSをたどれば何人か見つけることができた。

幽霊のくせに人間味がある。

子供っぽくて無邪気。

味方にすれば強い。

そんな意見がある一方で、絶対に会わないほうがいい、私は会ったことで人生が狂ったと書き込みしている人もいた。

自分でなんとかできることなら頼ったりはしない。

私には彼女に会わなくては叶えられないことがある。

時間は『逢魔が時』。私は四番目の交差点に向かい、スマホに書かれていた方法で横断歩道の点滅を数えた。

落ち着いている気持ちとは裏腹に、心臓だけが波打つように速い。

そして四回の点滅が光った直後に、私は目をつむって呼び掛けた。

〝きみに会いたい〟

ゆっくりと目を開けると、そこにはなんにも変化していない交差点が広がっていた。

地面の上を舞う落ち葉が、カラカラと音を出している。まるで、学校と同じように
バカにされている気分になった。

……なんだよ、呼び出せないじゃん。

はあ、と肩を落としながら帰ろうとした時、私の顔の前を強い光が横切った。

それはまるで蛍のように左右に動いていて、光をたどるように視線で追うと、交差
点の真ん中にひとりの女の子が立っていた。

横断歩道の信号機は赤だというのに、車は一台も通過しない。

「鏡って別の世界の入口らしいよ」

光の正体は女の子が持っていた手鏡だった。

「でも鏡を見ないと自分の顔が見れないし、困るよねー」

ペラペラとしゃべり始める女の子は横断歩道を渡ってきて、私の前で足を止めた。

糸のように細い黒髪に、赤いスカーフが目立つセーラー服。

一見どこにでもいるような女の子だったけれど、彼女が近づいてきた瞬間に、交差点の空気がひんやりしたことに気づいていた。

存在感はあるのに、地面に映る影がない。私はまじまじと彼女のことを上から下まで見回した。

「もしかして、アンタが萩野まつり？」

「うん。そうだよ。あなたは？」

「私は山中桜」

「桜。すごく女の子らしい名前だね！」

私が初対面の人に言われて一番嫌なセリフだ。

春に生まれたから、頬がピンク色だったから。

名付けた理由はひとつではないらしいけれど、自分の容姿と名前が一致していないのもコンプレックスだった。

「本当になんでも願いを叶えてくれるんだよね？」

「うん。もちろん！」

浮かんでいる願いはいくつもある。

涼香と翼くんを別れさせること。

私のことをおとしめた人たちに復讐すること。

ブスだと言った人たちを黙らせること。

だけど、一番は全員を見返してやりたい。

こんな悔しい思いは二度としたくない。

「私は誰よりも可愛くなりたい」

可愛くなれば、私の世界はきっと変わる。

「いいよ。でもその前にひとついいかな」

「願いをなんでも叶える代わりに、大切なものをひとつ失う、でしょ」

「やだー。私が言いたかったのに！」

評判どおり、まつりは子供みたいに口を尖《とが》らせていた。

「私はなにを失ってもかまわない。だから、私に力を貸して」

「わかった。じゃあ、今日から私は桜に憑くね」

また心臓が大きく跳《は》ねる。

これは恐怖じゃない。希望の高鳴りだ。


「うわ、すごい！」

次の日。私は鏡の前で歓喜していた。

毎日苦戦してはあきらめていた重たいまぶた。アイテープさえも意味をなさなかった目が、まつりのおかげでくっきり二重になっていた。

「私の目が大きく見えるよ！」

「うんうん。可愛くなったよ」

「本当に？」

何度も角度を変えては自分の顔を見てしまう。

整形は怖いし、そんなことをするお金もないって思っていたけど、まつりは願っただけで本当にあっさりと要望を叶えてくれた。

「あれ、桜。今日お化粧してるの？」

リビングに降りると、すぐにお母さんが変化に気づいた。

「目を二重にしたんだ。どう？」

「似合ってる。でもテープでしょ？　そういうのってすぐ取れちゃうんじゃないの？」

「これは絶対に取れないから平気！」

顔を洗っても、寝ても覚めても、私は奥二重から卒業できたのだ。

嫌がらせの濡《ぬ》れ衣《ぎぬ》を着せられてから、ずっと学校に行くのが憂鬱だったけれど、今日の足取りは軽やかだった。


しかし学校に着いて教室に入っても誰も私のことを見ない。

最初は冷めた視線と悪口の対象にされていたけれど、騒ぐのにあきたのか今では空気のような扱いをされていた。

「ふたりって本当にラブラブだよね！」

私に関心はないくせに、涼香と翼くんの周りにはたくさんの人がいる。みんなあからさまに声を大きくして、ふたりのことをおだてていた。

「ラブラブっていうか喧嘩は一度もしたことがないかな。涼香はおっとりしてるから喧嘩にならないんだよ」

「違うよ。翼くんが優しいから喧嘩にならないの」

「はい。のろけ出ました！」

男子も女子もバカみたいにふたりを盛り上げている。

付き合い始めた時はあんなに涼香は批判されていたのに、今では公認カップルとして認識されていた。

私のほうが翼くんと仲がよかったのに、彼が涼香を選んだのは顔が可愛いからだと思う。

あれでブスだったら絶対に相手にされてないし、周りだって認めない。

やっぱりしょせん、世の中は顔なんだ。

「みんな桜のことを見ないから気づかないね」

私がいるのは薄暗い女子トイレ。孤立している教室にはいづらくて逃げてきてしまった。

「せっかく変わってもこれじゃ意味ないよね」

まつりが残念な声を出した。

たしかに気づかれなかったら、なんの意味もない。私はトイレの鏡をじっと見つめる。

目だけじゃダメだ。

もっとわかりやすく可愛くならないと、みんなに見てもらえない。

「ねえ、まつり。この地黒を白く透明感がある肌にして」

私は見本として以前カメラアプリで撮った写真を見せた。

「それから髪の毛も嫌。くせ毛から艶《つや》のあるストレートに変えてくれない？」

「いいよ。桜が可愛くなれるためなら、なんでも叶えてあげる」

まつりがそう言ってくれたあと、私は鏡を確認した。

そこには肌が白くなり、髪の毛もサラサラに変わった自分がいた。

私がどんな方法をしても手に入らなかったものを、まつりはやっぱり簡単に叶えてくれた。

「あれ、なんか山中いつもと雰囲気がちがくない？」

教室に戻ると、男子のひとりが私の変化に気づいた。

それを皮切りにどんどん視線は集まり、「髪型変えた？」「あんなに肌白かったっけ？」と見向きもしなかった人たちが私のことを見ている。

どうだ。これでもう男みたいだなんて言わせない。

一気に風当たりが変わると予想していたけれど、私への視線は一瞬で散った。

「まあ、山中のイメチェンとか興味ねーわ」

「そんなことより、翼くんと涼香が普段どんなデートしてるか知りたい！」

注目されることもなく、またふたりの話題になってしまった。

私はぎゅっと握《にぎ》り拳《こぶし》を作る。

もっともっと変わらないと、みんなを見返すことはできない。


その日の帰り道。私は本屋に寄って、片っ端から雑誌を買い集めてきた。

すぐさま自分の部屋のテーブルに積み上げて、モデルの人を観察してみた。当然というか、雑誌に載るほどの人たちはどれもきれいな人ばかりだった。

「まつり。私のスタイルを変えてほしい。足が太いから細くして、あとウエストもこの人みたいにして」

私は水着の特集ページに載っていたモデルを指さした。

顔も大切だけど体も大切。

寸胴でバランスが悪かったら、いくら顔を可愛くしても見栄えがよくない。

「足とウエストを細くしたらいいの？」

「うん。それから笑うとえくぼが出るようにしたいんだけど、できる？」

「私にできないことなんてないよ。私はもう桜のものなんだから、どんどん望むことは遠慮なく言っていいよ」

「ありがとう」

週末を挟んで月曜日を迎えた。こんなに学校が待ち遠しかった日はない。

「みんなおはよう」

昇降口にクラスメイトの女子がいたので自分から声をかけた。

「え、さ、桜？」

おかしいくらいみんなの声が重なる。

「今日、体育あるよね。面倒くさいよねー」

雑談を返しながら私はローファーから上履きに履き替えた。そのあいだもみんなは口をぽかんと開けて、私のことを目で追っていた。

「なんか山中、急に可愛くなってない？」

教室に着くなり、クラスメイトたちは私の話で持ちきりだった。

スタイルをよくしてもらっただけじゃなくて、顔も小顔にしてもらい、雑誌に載っていたモデルと同じメイクをまつりにしてもらった。

凛《りん》とした姿勢のまま席に座っていると、すぐに男子たちが寄ってきた。

「山中、どうしたんだよ。なんかすげえ変わったな」

私のことを男扱いしていた人たちだ。

前は色気ねーよなって肩を組んできたりしてたのに、今は遠慮がちに机の周りに立っているだけ。

「そうかな？」

「しかも声も違う！」

「はは、気のせいだよー」

私はうっすらと浮かぶえくぼを強調しながら、口元に手を当てて笑った。

そんな様子を見ていた涼香と翼くんと目が合った。私はそらさずにニコリとする。

自分の容姿に自信があるだけで怖いものがなくなる。今はどの角度から見られていても無敵だ。

「ねえ、桜。どうやって痩《や》せたの？」

それから私のことを無視していた友達も久しぶりに声をかけてきた。

「えー別になにもしてないよ？」

正直もう友達だとは思ってないけれど、下手《したて》に出て話しかけてくる姿は滑稽《こっけい》で清々《すがすが》しかった。

「だってめちゃくちゃ顔も小さいし足も細いじゃん！」

「うーん。しいて言うならストレッチかな。お風呂上がりにはいつもするようにしてるよ」

「えー効果抜群じゃん！　やり方教えてよ」

やっぱりまつりを呼び出してよかった。

もうブスなんて言わせないし、男おんなといじられることもない。

このクラスの誰よりも私は上の容姿を手に入れた。

案外ちょろいなと思っていると、涼香が私のことを見ていた。

クラスメイトたちの手のひら返しにもムカついたけれど、私はやっぱり涼香に対して許せないという気持ちが強い。

嫌がらせの罪を擦《なす》り付けられた私の話なんて聞かずに、涼香は周りの言葉を信じた。

悲劇のヒロインぶってみんなの前で泣いたことで私は悪者になり、翼くんからも軽蔑される結果になった。

「あのふたりの仲をズタズタに引き裂いちゃえばいいのに」

誰もいなくなった放課後の教室でまつりが言った。

まつりは窓際に置かれている金魚の水槽を楽しそうに見ていた。

「そうしたいけど、簡単にやったら面白くないじゃん」

「はは。私そういう考え方大好き！」

まつりの言葉と重なるようにして涼香の声が聞こえた。

〝桜は絶対に裏表がないし、さっぱりしてる性格が話しやすくて本当に大好きなんだ〟

調子のいいこと言ってたって、涼香は友情よりも翼くんを選んだ。

だから、奪ってやる。

翼くんの隣にいるのも、周りから可愛いと認められるのも私がいい。

そして次の日。私はひとりで廊下を歩いていた翼くんに声をかけた。

「ねえ、翼くん。これいる？」

そう言って見せたのは大型ゲームイベントの参加チケットだった。

新作や未発表のゲームが体験できることからチケットは入手困難になっていて、ネットでは高値で取引されていることもある。

「え、ど、どうしたんだよ、これ」

チケットを見た瞬間、翼くんの目の色が変わった。

「ダメ元で応募したら当たったんだ。でも当日は急遽《きゅうきょ》予定が入って行けなくなっちゃったの。それで翼くんにあげようと思って」

もちろんチケットはまつりに頼んで手に入れた。

プレミアが付いているチケットまでもがあっさりと自分のものになるんだから、まつりがいればどこかのお姫様にでもなれるんじゃないかと本気で思う。

「嬉しいけど、マジでもらっていいの？」

「うん。翼くんに行ってもらえたら私も嬉しい！」

もうガサツなしゃべり方はしない。

彼に女の子として意識してもらえるように、声のトーンも仕草も全部計算してやっていた。

すると、チケットを受け取った翼くんがじっと私の顔を見ていた。

「俺、山中に謝らなきゃって思ってたんだ。あの時はカッとなってひどいことも言ったけど、冷静に考えれば涼香と仲がよかった山中が嫌がらせなんてするはずがなかったのに……。本当にごめんな」

「ううん。下駄箱に生ゴミをぶちまけたのは私じゃないけど、次のゴミを置こうとしたのは事実なんだ。でも本当にそれだけだよ」

「そっか。涼香にも言っておくよ」

「いいよ。もう過ぎたことだし、涼香も許してくれないと思うから……」

私は涙を堪えている演技をしながら、瞳を潤《うる》ませた。

「私、翼くんとまた前みたいに楽しく話したい。ダメ、かな？」

「いいよ。チケット譲ってくれたお礼に今度なにかおごらせて」

「うん。楽しみにしてるね！」

計画どおり、私は翼くんとの仲を修復することに成功した。

正直、一緒にイベントに行くことも考えたけれど、恩を売っておいたほうが好感度は高いし、そのおかげで次の約束もすることができた。


学校から帰宅したあと、私はご機嫌で鏡の前に座っていた。

前は自分の顔を見るたびにガッカリしていたけれど、今は何時間でも見ていられる。

……コンコン。

すると部屋のドアがノックされた。ゆっくりと開いたドアから顔を出したのはお父さんだった。

「桜、ちょっといいか？」

「なに？」

前はリビングでくつろぐことも多かったけれど、最近はすぐに部屋に上がるようになっていた。

だってお父さんやお母さんの見た目は、大嫌いだった頃の自分とそっくりだから。

「母さんが心配してたぞ。桜が日に日に変わっていくって」

「変わることはいいことでしょ」

私はなにをしても変われなかった。

まつりの力を借りたおかげで、なにもかもがいい方向に回り始めている。

「近頃は全然会話もしないし、部屋にも籠《こも》りがちじゃないか」

「別にゴロゴロ寝てるわけじゃないよ。こうして鏡を見ながら美の研究をしてるの」

私はペタペタと自分の顔をさわった。

なんだかまだ物足りない気がする。

二重の幅をもう少し広げて、鼻筋も高くすれば、ハーフっぽい顔立ちになるかな？

「自分磨きをすることはいいことだけど、少し度が過ぎてないか？　桜は生まれもった素顔のままでも十分可愛いんだから」

「ちょっと、やだ。冗談言わないでよ」

「冗談じゃないよ。父さんと母さんは本当に……」

「あーわかったから、早く出ていって」

「さ、桜……！」

まだ話していたお父さんを押し出すようにして、部屋のドアを閉めてしまった。そして私は再び鏡の前に立つ。

「ねえ、まつり。どうやったらもっと可愛くなれるかな？」

歯並びもガタガタだし、唇も厚い気がするし、顎《あご》ももう少し尖っていたほうがいいと思う。

ひとつ変えるたびに、ひとつ悪いところが目立つ。

「可愛さの基準は人それぞれだよ。だってさっき桜のお父さんは生まれもった素顔が可愛いって言ってたでしょ？」

「それは親だからそう思うんだよ」

親の感覚と他人の感覚は違う。

もっともっと私は可愛くなれる。

ブスで男っぽいと言われていた私をみんなが忘れるくらいに。

それから数日が経って、私はまたまつりに可愛くしてもらった。

そのおかげでなんと同級生のほとんどが読んでいる雑誌に載ることができた。

「すごいよ、桜！」

離れていった友達が私の席に群がってくる。

嫌がらせの罪を擦り付けてきた人たちでさえ、また私と仲良くなりたいと媚《こ》びを売ってくるようになっていた。

「みんな大袈裟だよ。街を歩いてたらたまたま、写真撮らせてくださいって声をかけられただけ」

「でも名刺ももらったんでしょ？」

「んーまあね」

今では誰も私の容姿のことを悪く言わない。可愛い自分に注目してくる視線がたまらなく快感だった。

そんな中で、ゆっくりと私に近づいてくるひとつの影。

「桜。ちょっといいかな」

それは久しく会話をしていなかった涼香だった。

呼び出しに応じた私は涼香と非常階段へ移動した。

「声をかけてくるなんて珍しいね」

私は踊り場の手すりに寄りかかりながら、皮肉まじりに言った。

「なんか最近の桜はおかしいよ」

「おかしいってなにが？」

「そんなに痩せたり、顔が変わったりするはずがないもん。なにかヤバいことしてるんじゃないかって気になって」

涼香は本当に調子がいい。

嫌がらせの濡れ衣を着せられた時は被害者面《づら》するだけで私のことをかばいもしなかったのに、私への風向きが変わった途端にすり寄ってくる。

汚いうえに、あざとい女。

「心配してるふりして、本当は可愛くなった私に嫉妬してるんでしょ？」

ただの可愛いはあきられる。

最初はちやほやされていた涼香も最近は落ち着いてきて、過度に褒められることはなくなった。

翼くんファンは相変わらず多いし、来年後輩ができたらそれはもっと増えるだろう。

「私のことなんて気にしないで、涼香は自分のことを気にしたら？」

「どういう意味？」

「私ね、今度翼くんと出掛ける約束をしてるんだ」

まだ日程は決めてないけれど、チケットのお礼をしてくれるとたしかに言っていた。

そこで美味しいものを食べて、一日一緒にいれば、翼くんはきっと私のことを選ぶ。

だって私は涼香よりも可愛いから。

「翼くんをつなぎ止めるために、もっと必死でがんばったほうがいいんじゃない？

まあ、涼香が私以上に可愛くなることはないと思うけど」

私はこれからも変わり続ける。

可愛いに限界はないのだ。

「……なんでそんな風になっちゃったの？　桜は誰よりも優しかったのに……」

「は？　先に裏切ったのはアンタのほうでしょ」

ガンッと強く体を押すと、涼香は手すりにもたれかかるように仰《の》け反《ぞ》った。

「抜け駆けしてひとりだけいい思いをしようとした結果、嫌がらせを受けて、私はその犯人にされた。でもね、感謝もしてる。だってそれがなかったから今の可愛い私はいないから」

性格だけよくても誰も見向きもしない。

私は涼香を通してそれを思い知った。

「私が惨めな思いをしたぶん、次に惨めになるのは涼香だよ」

涼香の逃げ場をさえぎるように詰め寄った。

「ねえ、今手すりが壊れたらどうなるかな。こんなに錆び付いてるんだもん。偶然にネジが外れちゃっても不思議なことじゃないよね？」

私の言葉に手すりのネジがガタガタと揺れ始めた。それに気づいた涼香の顔色がみるみる悪くなっていく。

「ここから落ちて顔がぐちゃぐちゃになったら、翼くんも周りの人も離れていくね。みーんな涼香が可愛いから一緒にいるだもん」

「……っ」

涼香は私の隙を見て逃げ出した。そして慌てたように非常階段のドアノブに手をかける。

「そうやって外見ばかりを気にしてると、いつか誰もいなくなるよ」

「はは。忠告ありがとう。早く消えて？」

涙ぐむ涼香はその場から去っていった。

その瞬間に、不自然に動いていた手すりのネジがピタリと止まる。

「願ってくれたら、あのまま涼香を落としたのに」

もちろんネジはまつりが動かしていた。

本当に涼香の顔をぐちゃぐちゃにする考えも過《よぎ》ったけれど、一応仲がよかった期間があるので隙ができてしまい、逃げられてしまった。

「まあ、いいよ。今の私は涼香より可愛いから」

私は乱れた髪の毛を直すために手鏡を取り出した。

「桜はまだ翼のことが好きなの？」

そうまつりに聞かれて、私は前髪に触れていた手を止める。

「まさか。もうどうだっていいよ」

正直、今は翼くんよりカッコいい彼氏なんて簡単に作れるし。

「でも私、性格もブスって言われたこと忘れてないから、私のことを好きにならせてこっぴどく捨てるのもありだと思ってさ」

私なんて翼くんには釣り合わないって思っていたけれど、私に釣り合わないのは彼のほう。

翼くんの彼女になり、涼香が悔しがったあとに、ふたりとも惨めにさせる予定だ。

「桜は涼香や翼より自分のことが一番大切になったんだね」

「当たり前じゃん。可愛くなった私以上に大切なことってあると思う？」

外見よりも中身だなんて、そんなのはきれいごとに過ぎない。

容姿がすべて。誰よりも可愛くて美しい私には、怖いものなんてなにもない。


そのあと家に帰った私は、庭の一角で燃え続けている炎を眺めていた。煙に気づいた両親が慌ててリビングの網戸を開ける。

「桜、なにしてるの……!?」

「なにって昔の自分が写ってるものを燃やしてるんだよ」

幼少期からのアルバムや小中の卒業アルバム、家族旅行で撮ったものや七五三の写真まで、すべて炎の中に入れていた。

「なんてことをするんだ……！」

お父さんは上着を脱いで、炎を消そうとしていた。

「邪魔しないでくれない？」

最後の写真を炎へと投げ入れたところで、お母さんに強く腕を掴《つか》まれた。

「いい加減にしなさい！　どうして……そんなに変わっちゃったのよ……」

お母さんが崩れ落ちるようにして泣く。

すべての思い出が灰になってしまったのを見て、お父さんも悲しそうな顔をしていた。

「……もう今の桜は俺たちの娘なのかわからないよ」

そんな両親の姿を見ても、別になんとも思わない。

醜《みにく》かった私はいらないのだから、写真すら残しておく価値はない。

容姿が劣っているってことは、人生も劣っているのと同じこと。

私はふたりの顔が大嫌いだし、昔の自分も死ぬほど嫌い。

もう可愛くない自分のことは、思い出したくもない。

次の日。学校へと向かう通学路で、すれ違う人が振り返って私のことを見ていた。

「うわ、今の人マジで可愛い」

「本当だ。スタイルもよくていいなー」

そんなのは当たり前だと胸を張りながら学校に着くと、すぐに翼くんから声をかけられた。

「山中。話があるんだけど」

「えーなにかな？」

鼻にかけた声を出して、そのまま翼くんに付いていった。

「こんなひとけのないところに呼び出して、そんなに私とふたりきりになりたかったの？」

「うん」

呼び出された時点で予感はしていた。

きっと翼くんは私のことを好きになってしまったに違いない。

順序を踏んで徐々にと思っていたけれど、翼くんも簡単な男だ。

「あのさ」

「うんうん。なに？」

さあ、早く言え。

それで少し遊んであげたあとに、傷つけて振ってやる。

「これ返す」

翼くんが差し出してきたのは、私があげたゲームイベントのチケットだった。

「嬉しかったけど、ひとりで行っても面白くないかなって」

「え、じゃあ、私とふたりで行こうよ！」

「ううん。大丈夫。これはほかの人にあげてよ」

そう言って本当にチケットを返してきた。

「な、なんで？　あ、まさかお礼のこと気にしてる？」

「そうじゃない。でもゲームイベントに行くより、涼香と一緒に楽しめる場所に行きたいなって」

「……は？」

意味がわからない。

呼び出した用はこれだけ？

私に告白する流れじゃなかったの？

「でも、チケットのことは本当に嬉しかったからさ、今度涼香も含めて三人でどこか……」

「ねえ、涼香のどこがいいわけ？」

　私は怒ったように言い放った。

「どうせ顔で選んだんでしょ？　だったら私でもいいじゃん。っていうかこんなに可愛い私が目の前にいるのに、涼香涼香ってありえないんだけど」

　わざと好意をむき出しにしてやってるというのに、私を選ばないなんておかしい。

「あ、そっか。翼くんは優しいから涼香と別れられないんだ。だったら私から言ってあげるよ。翼くんは私と付き合うからごめんってさ」

「俺、涼香と別れる気ないし、山中と付き合う気もないよ」

　翼くんが冷静に言った。

「……な、なんで？　私のほうが可愛いでしょ？」

「俺、涼香のこと顔で選んだわけじゃないから」

「みんなそう言うんだよ。でも結局は顔なの。顔がすべてじゃん」

　認めたくないのはわかる。中身で選んだって言えば聞こえはいい。でも翼くんの元カノだって可愛い人だったらしいし、涼香のことを顔で選んだわけじゃないなんて、今さら通用しない。

「俺さ、変わる前の山中のこと、けっこう好きだったよ」

「……え？」

「話しやすいし、嘘がなくて、男の中に入って豪快《ごうかい》に笑ってる顔とかいいなって思ってた。そんな山中と仲がよかったからこそ、涼香も絶対にいい子だなって信用ができた。俺が涼香を選んだのは、山中の友達だったからだよ」

翼くんが残念そうに眉毛を下げた。

「でも今の山中は全然いいと思わない。顔も性格も誰よりもブスになったと思うよ」

そう言って、翼くんは私を置いて教室へと向かっていった。

……今、なんて言った？

あいつ、私のことをブスって言った？

ありえない。ありえない。ありえない！

私は返されたチケットをぐしゃりと握りつぶした。

「ほらね、可愛い基準は人それぞれだって言ったでしょ？」

ずっと会話を聞いていたまつりが、ひょっこりと顔を出す。

「違う！　あいつの感覚が狂ってるだけ」

なんでこんなに可愛くなったのに、ブスだって言われなきゃいけないの？

自信に満ちあふれていたプライドをズタズタに傷つけられた気分だった。

もう、翼くんもどうでもいい。

勝手に涼香と仲良くやればいい。

低級同士、お似合いだ。

「まつり。私をもっともっと可愛くしてよ」

まだ足りない。

まだまだ、私には隙がある。

大切なのは自分の容姿だけ。

欠点なんて見えないくらい完璧な美貌《びぼう》を手に入れたい。

「可愛くってどうやって？」

「目をもっと大きくして、鼻筋も高く。顔も今よりも小さくして、声も美声に。あと身長も10センチ伸ばして足はスラッと長く。骨格もなにもかもをぜんぶ変えて、とにかく可愛いくして。もう誰も私のことをブスだって言えないくらいに！」

「それでいいの？」

「私は自分が大切なの！　可愛くいること以外、ほかにはなにもいらない……‼」

「わかった」

そしてまつりによって、私はまた変わった。

誰かに褒めてほしくて、私も教室に向かう。

さぞみんなうらやましがると思いきや、私を見た瞬間にクラスメイトたちがざわざわとし始めた。

「え、誰？」

「うちの生徒？」

「見たことなくない？」

「こわ。なんで教室に入ってきてんの？」

羨望《せんぼう》の眼差しよりも、向けられているのは好奇の目だった。

なぜか涼香もおびえたようにしていて、先ほどまで一緒にいた翼くんも不審がっている。

「部外者がなんで校舎にいるんだ！」

そこへ担任が近づいてきて、理不尽に怒鳴ってきた。

「わ、私は山中です。山中桜！」

「顔も身長も似つかないのに、なにが山中だ！」

「本当です！　私は……」

騒ぎを聞きつけた廊下にはぞくぞくと人が集まってきていた。その視線はやっぱり私を不審者扱いしている目だった。

「部外者だって。しかもなんで制服まで着てんの？」

「コスプレ？　どう見ても高校生じゃねーし」

「おばさんが制服着てるとかキモすぎ」

その言葉に、私はぷちんとキレる。

「おばさんじゃない！　私は十六歳の山中桜よ！　誰よりも可愛いでしょ？　美しいでしょ？　みんな私を敬《うやま》いなさい!!」

廊下に響き渡るくらいの大きな声を出すと、みんなが引いていた。

なんで？　どうして？

私の容姿はこれ以上ないぐらい完璧なはずなのに。

「いや、可愛いっていうかサイボーグじゃん」

……サイ、ボーグ？

そんなわけがないと騒いでも、結局私は教師たちによって学校から追い出されてしまった。

みんなの目は節穴《ふしあな》だ。

本当に病院に行ったほうがいい。

ぶつぶと文句を言いながら帰り道を歩くと、家の前にお母さんがいた。仕事が休みのお父さんと出掛けるところのようだった。

「お父さん、お母さん、どこ行くの？」

声をかけると、ふたりの動きが止まった。

「どなたですか？」

……え？

嘘。お父さんたちも私のことがわからないの？

「わ、私だよ。桜に決まってるじゃん」

ふたりは顔を見合わせて困った顔をしていた。

「本当に私だよ！　信じてよ！」

「うちの桜はそんな見た目じゃありません」

「変わったけど私なの！　可愛い娘で自慢になるでしょ？」

「しつこいと警察を呼びますよ」

お父さんは他人行儀な言い方で、本当にスマホの画面をタップし始めた。

「警察なんてやめてよ‼」

そう叫ぶと、お父さんの手をお母さんが握った。

「あなた、もう行きましょう。怖いわ」

そして両親は車に乗って、慌てて私から離れていった。

なんで誰も私のことがわからないの？

可愛くなりすぎたから？

「よかったね。自分の思いどおりの姿になって」

呆然と立ち尽くしていると、まつりが笑顔で話しかけてきた。

「まつり。みんな私に気づかないよ」

「うん。だって、桜はもう桜の顔じゃないもん」

そう言って、まつりは手鏡を見せてきた。

そこに映っていたのは、自分じゃない他人の顔。

山中桜だった頃の面影なんて一ミリも残っていなくて、年齢さえ高校生には見えなかった。

「桜が願ったんだよ。可愛くいること以外なにもいらないと、ね」

まつりが不敵に笑った。

「待って。いらないってそういう意味じゃないよ。だってみんなが私のことをわからなかったら、これからどうすればいいの？」

「知らない。私は桜の願いを叶えただけだもん」

そう言って、まつりの姿がどんどん消えていく。

「まだ私のそばにいてよ！　まつりまでいなくなったら私は……」

「平気だよ。お気に入りの可愛い顔があるでしょ？」

「……っ」

そのあと、まつりは私の瞳から消え去った。

それからのことはあまり語りたくない。

ただ街中で【この子を探しています】と両親が呼び掛けている貼り紙を見かけた。

身長、背格好、顔の特徴など詳しく書かれていたけれど、きっと見つかることはないだろう。

巡回中のパトカーが私の横を通り過ぎる。

可愛くいることを追求した結果、私に残ったのは……。

自分ではない容姿だけだった――。

＊＊＊

忙しなく行き交う車と、灰色によどむ排気ガス。

四番目の交差点のガードレールに座りながら、私は鏡の中の自分を見つめていた。

山中桜は、願いを叶えた代わりに自分の姿を失った。

「私も自分の顔って、あんまり好きじゃないなー」

だけど、顔を変えようとは思わない。

私が私でいることをやめてしまったら、会えない人がいる。
あの子や彼にもう一度会うために、私は〝この名前〟すら変える気はない。
そして今日もまた、新しい願い人の瞳に萩野まつりが映るのだった。

第五幕　復讐《ふくしゅう》したい

誰だって心に悪魔を飼っている。

「今日はこれしか持って来れなかったよ」

雨上がりの河川敷《かせんしき》。薄暗い高架下《こうかした》は湿っていたけれど雨の影響はほとんどなかった。

「ワンッ！」

小さな段ボールの中から白い犬が顔を出した。

私の顔を見るなり嬉しそうに尻尾《しっぽ》を振ってくれた。

抱き上げて頭を撫でたあと、私は家から持ってきた食パンをちぎってあげる。よほどお腹がすいていたのか、シロはすぐに食べてくれた。

この場所でシロを発見したのは二か月前のこと。

まだ生まれたばかりだというのに誰かが無責任に捨てたせいで、シロはこの段ボールの中で震えていた。

それから私は毎日のように様子を見に来るようになり、牛乳やパンをあげるのが日課になっていた。

「ごめんね。うちで飼えたらいいんだけど……」

親が動物嫌いということもあるけれど、うちのマンションはペット禁止なのでシロを飼うことはできない。

「シロ。今日も学校行きたくないよ」

「……クン」

「慰めてくれるの？　優しいね」

ひとりぼっちだったシロに手を差し伸べたのは私だけど、今は私のほうがシロに助けられている。

「じゃあ、また来るからね」

シロをぎゅっとしたあと、私は重たい足取りで学校に向かった。


私こと伊東美幸《いとうみゆき》は現在、中高一貫校に通う高校一年生だ。

エスカレーター式に中等部から高等部の校舎へと移動して半年。学校の雰囲気も同級生たちも変わり映えしない中で、私には大きな悩みがあった。

「うわ、来たよ。一気に空気が悪くなったし」

それはクラスメイトである麻生梨花《あそうりか》にいじめられていることだ。

くじ引きで決めた席は運悪く梨花の前になってしまい、授業中でも椅子を蹴られたり、知らない間に髪の毛を切られていたこともある。

「転校とかしないかな。マジで顔を見るだけでムカついてくるんだけど」

梨花の言葉を聞いて、周りの人もゲラゲラと笑っていた。

最初は些細《ささい》なことだけだったのに、いじめは日に日にひどくなっている。

梨花の悪意が移ったように、ほかの人からも嫌なことを言われる毎日。

今では想像もつかないことかもしれないけれど、実は私と梨花は以前とても仲がよかった。

中学の入学式の時にたまたま席が隣同士になり、そこから会話を重ねるたびに意気投合した。

なんでこんなに気が合うんだろうと不思議なくらい、梨花とは性格が合った。

それからは自然に行動を共にするようになり、教師になるという夢までもが同じだった。

このままずっと友達でいられると信じていたけれど、急に梨花は変わってしまった。

理由はいくつか自分なりに考えた。

梨花以外に親しくしてる人はいなかったので、ずっと一緒にいすぎて嫌になってしまったのかもしれないし。

成績が思うように伸びていなかった梨花に対して、前向きなことを言い続けたのがうっとうしかったのかもしれないし、それは梨花にしかわからない。

私との付き合いをやめた代わりに、梨花は派手な人たちと遊ぶようになった。

見た目もどんどん変わっていって、今ではクラスでも一目置かれる存在になっている。

コツコツと勉強を続ける私のことを梨花はバカにしてくるようになり、それがエスカレートしていった結果……。

友達だったことが嘘のような扱いを梨花からされている。

「ああ、早く席替えしてほしい」

ホームルームが始まって席に着くと、梨花はわざと机を詰めてきた。

そのせいで椅子を引くことができないほどきゅうくつな状態になり、私は少しだけ席をずらす。

「ちょっとせまいからやめてよ」

前の人に怒られてしまい、また梨花を含むクラスメイトたちが私のことを笑っていた。

こんな地獄みたいなことがもう一年以上続いている。

……私はなんで一貫校を選んでしまったのかな。

本当だったら中学卒業を機に解放されるはずだったのに、同じ校舎であと二年以上もみんなと高校生活を過ごさなければならない。

「……はあ」

午前中の授業はなんとか耐えた。けれど、昼休みが終わるチャイムを聞いた途端に具合が悪くなってしまって、保健室へと駆け込んだ。

養護教諭の先生は不在だったけれど、利用カードに名前を記入すれば使っていいことになっているので、私はベッドに横になった。

……いじめって、いつまで続くんだろう。

いじめが原因で自殺なんていうニュースを、テレビで目にすることがある。

かわいそうだなと同情する一方で、自分には無関係なことだと思っていた。

でも今ならわかる。

いじめという入口は簡単に開くのに、抜けだす出口はどこにもない。

担任だって気づいているのに知らん顔だし、いじめに関わってないおとなしいグループの人たちも、自分じゃないならいいやって顔をしている。

今まで目立つわけでも暗いわけでもなく、ずっと中間の位置にいたけれど、まさか自分がいじめられる側になるなんて夢にも思っていなかった。

……と、その時。保健室のドアが開く音がした。

先生が来たのかなとベッドの周りを覆《おお》っているカーテンの隙間から確認すると……。

「ちょっと、先約がいるじゃん」

それは梨花と同じ目立つグループにいる豊田彩芽《とよたあやめ》だった。

その隣には彩芽の彼氏である宮本《みやもと》もいる。

「でもさ、もうひとつのベッド空いてるじゃん」

「えーやだよ。変態すぎ！」

中等部の頃から付き合っているふたりが仲良しなことは誰でも知っている。おそらく、保健の先生がいない時間を見はからってきたのだと思う。

「誰が使ってるか見てみようぜ。俺らと同じ目的の人かもしれないし」

面倒くさがりの宮本は、私が名前を書いた利用カードを確認せずにベッドへ近づいてきた。

どうしようと慌てる暇もなく、カーテンは勢いよく開けられてしまった。

「なんだよ、伊東かよ」

宮本と目が合って、私は気まずさでうつむく。すると、そのうしろから彩芽が顔を出してきた。

「教室にいられなくなって逃げてきたんだ」

今では女子のリーダー格になりつつある梨花と仲のいい彩芽だけど、一緒になって悪口を言ってくることはあまりない。

かと言って助けてくれるわけでもないけれど。

「アンタさ、前は仲良かったのになんで梨花にあれだけ嫌われてるわけ？」

「なんでってそれは……」

言いかけた私は唇をぎゅっと結んだ。

もしもここでなにかを言えば、彩芽は梨花に報告するかもしれない。彩芽はそういう姑息《こそく》なことをするタイプじゃないと思うけれど、今は誰のことも信じられなくなっていた。

押し黙る私を見て、彩芽はしつこくたずねてくることはなかった。

そして私がいることで保健室が使えないとわかったふたりは、別の場所を探しに行った。


再びひとりになった私は力が抜けたように、ベッドに顔を埋《うず》めた。

思い返してみても、本当にいじめにつながることをした記憶はない。

だけど、前に体育倉庫に閉じ込められたことがあって、その時に『なんでこんなにひどいことをするの？』って聞いたことがある。

梨花の返事は、私が想像するよりもシンプルだった。

『なんでって、ウザいから』

理由はたったひとことだけだったのに、私は長い時間、梨花に苦しめられている。

梨花は本当にいい子だったし、友達思いの優しさも持っていた。なのに、なにが彼女をここまで変えてしまったのか。

……自分が気づかないだけで、梨花を悲しませるようなことがあったのかな。

それが積もりに積もって、私は梨花にとってウザい人になってしまった。

原因なんてなにもわからないけれど、唯一はっきりしていることがある。

それは、この理由もわからないいじめの始まりで私は、大好きだった友達に傷つけられているという現実があるということだ。

……逃げ出したい。

でも、簡単にはできない。

「……っ」

私は苦しい気持ちを誰にも言えない代わりに、声を殺してベッドの中で泣いた。

それから長かった一日がようやく終わった。梨花やほかのクラスメイトたちと鉢合わせしないように、放課後はしばらく女子トイレの中にいた。

静かになったタイミングでトイレから出て鏡を確認すると、目が赤く充血していた。

……ちょっと、泣きすぎた。

冷たい水で少し冷やしたあと教室に戻ると、机にかけておいたカバンの中身がすべて出されていた。

それをひとつひとつ拾いながら、また泣いたら目が腫《は》れちゃうと涙を我慢した。

校舎を出た私は、駆け足で河川敷へと向かった。

近道だからと階段ではなく斜面を滑り落ちる形で下りた。高架下の前ではシロが尻尾を振っていた。

その姿を見て、私はやっと息が吸えた気になった。

私のことを受け入れてくれるのはシロだけだ。

なんだか自分が必要とされているようで、ほっとする。

「よしよし。いい子だね」

抱き上げると、さらにシロは喜んで手足を動かした。

「あ、ちょっと舐《な》めないでよ。くすぐったいよ」

ずっと顔が強張《こわば》っていたけれど、シロのおかげで今日初めて笑うことができた。

「ちょっと待っててね」

私はカバンから犬用の缶詰めを取り出す。先ほどコンビニで買ってきたものだ。

開ける前の缶は匂いなんてしないはずなのに、私が缶を手にしただけでシロは自分のご飯だということがわかっていた。

「ワンワンッ！」

早く早くとせがむように鳴いている。

ちゃんと食べてくれるか不安だったけれど、そんな心配はいらなかったようで、シロは缶詰を美味しそうにガツガツと一瞬で平らげた。

日に日に成長していくシロを見ていると、嬉しい気持ちの一方で、このままでいいのだろうかと考えてしまう。

もう少し大きくなれば段ボールで寝ることはきゅうくつになってくるし、こんな河川敷じゃ衛生的にもよくない。

早く飼い主を探してあげたいと思っているけれど、シロを手放したくないと思っている自分もいる。

私の孤独を癒してくれるのはシロだけ。

もし会えなくなってしまったら……私は本当に心が死んでしまう気がした。

「あ、そうだ。これ」

私は思い出したように、ポケットからあるものを出した。それは青色の布で作ったシロの首輪だった。

今日の家庭科の授業でミシンを使ったので、余った布をシロの首周りに合うように調整してきた。

「ワンワンッ！」

それを巻いてあげると、シロは嬉しそうにはしゃいで、その場で何度もジャンプした。

「気に入ってくれた？　いつか本当の首輪を買ってあげるからね」

私はそのあとも時間が許す限りシロと一緒にいた。明日のことを考えると憂鬱だけど、シロといる時だけは苦しさを忘れることができていた。


そして次の日。いつものように河川敷に寄ってから学校に向かった。シロからもらった癒しは、教室のドアを開けると同時に消えてしまう。

「うわ、バイ菌がきた」

最初に私の存在に気づくのはいつだって梨花だ。

どうやら梨花の中で私をバイ菌扱いすることがブームのようで、みんなも腫れ物みたいな視線を送ってくる。

そんな雰囲気の教室に長くいられるわけもなく、私は授業以外の時間は別の場所に移動した。

休み時間に向かったのは図書室だった。二時限目にやった古典を見直すために部屋の片隅でノートを広げていた。

私が目指しているのは国語教師なので、古典や現代文、漢文は積極的に勉強するようにしている。

「空気が悪いと思ったらやっぱりバイ菌がいたんだ」

と、その時。気配もなくうしろから声がした。それは梨花を含む複数の女子たちだった。

「こんなにびっしり書いちゃってマジできもい」

梨花はわざと汚いものをさわるように私のノートをつまみ上げた。

「……か、返して」

せっかく教室から逃げてきたのに、なんでここにいるんだろう。

もしかしたら私のことを追ってきたのかもしれないし、たまたま図書室に来ただけかもしれない。どっちにしても今の私は梨花にとって、いじめがいがあるおもちゃでしかない。

「お願いだから返してよ」

「ちょっと、さわらないでよ。菌が移るじゃん！」

梨花はそう言って、私のノートを床に落として踏みつけた。

上履きの底をこするようにして、ノートがぐちゃぐちゃにされていく。今まで書き取りをしていたページがどんどん歪んでいって、最終的にはそのほとんどが破れてしまった。

「あーかわいそう。泣いちゃうんじゃない？」

周りの女子たちはそれを見てニヤニヤしていた。

紙くずになってしまったノートを見つめながら、私は痛いくらい下唇を噛む。

抵抗したって勝てないことはわかっている。

でもこんな毎日を一体いつまで続ければいいの？

いつまで耐え続けたら、終わることができるの？

「私のことが気に食わないなら……かまったりしないで無視してればいいでしょ？」

蚊《か》の鳴くような声でつぶやいた。

「だって無視できないほど目障りなんだもん」

梨花の顔が悪魔に見えた。

きっと梨花があきるまでこのいじめは続く。私がどんなにあらがっても、逃げたくても、彼女は楽しむために追ってくる。

いつも一緒にいて、勉強も教え合って、将来教師になるって夢を叶えたら盛大にお祝いしようって約束も交わしていた。

でも、そんなこと彼女は覚えてないのだろう。

もう友達だった梨花は、どこにもいない。

そんな現実を改めて突きつけられて、立っていられないほどの目眩《めまい》がした。

よろけた私を見て、梨花がクスリと口角を上げる。

「いじめから逃げたいなら、私の前から消えるしかないよ。本当のことを言って泣いて頼めば、高校くらいほかのところに移れるんじゃないの？」

梨花の言葉に圧倒されて、私は黙ることしかできなかった。

私がこの状況を親に言えないことは、梨花が一番よく知っている。

将来の夢を追いながらたくさんのことを学べるようにと、両親はこの私立の学校に入れてくれた。

現在だって共働きをしながら私の学費を払ってくれているのに……いじめられているから学校を辞めたいなんて言えるはずがない。

悲しませたりもしたくない。

でも、ひとりで抱えることにもう限界がきていた。


それから放課後になり、今日は日直ではないのにクラスメイトに押し付けられて仕事をしていた。

日誌を書き終わって職員室に届ける頃には、教室には誰もいなくなっていた。

……はあ。

自分のため息が大きく聞こえる。

やっと帰れると安心したのもつかの間、自分のカバンが机にないことに気づいた。

「あ、あれ……?」

一通り見回したあと、私の目はゴミ箱で止まる。

嫌な予感がして確認すると、予想どおりカバンはゴミ箱に捨てられていた。

しかも誰かが飲んだジュースがこぼれていて、カバンに染《し》みている。

物を隠されたり捨てられたりすることはよくあるし、慣れてきた。

でも悲しい気持ちにだけは慣れない。

誰もいないはずの教室から笑い声がする。幻聴まで聞こえてくるなんて、いよいよ重症だ。

涙を拭《ぬぐ》って校舎を出る頃には、すっかり夕暮れどきになっていた。私は早くシロに会いたくて急いで河川敷に向かった。

早く、早く、シロのそばに行きたい。

心のよりどころを求めるように、全速力で走った。

「シロ!」

河川敷に着いてすぐに名前を呼んだ。いつもなら尻尾を振って近づいてきてくれるのに今日は顔を出さない。

もしかして寝ているのかもしれないと、段ボールをのぞいたけれど、シロはいなかった。

「シロ？」

近くの茂《しげ》みなどを探してみたけれど、やっぱりいない。

最初は冷静でいた私も、だんだんと名前を呼ぶ声に焦りが出てきた。

「シ、シロ！　どこにいるの……⁉」

手当たり次第にシロを探し歩いた。河川敷をジョギングしていた人にも聞いてみたけれど、白い犬は見かけてないと言う。

待って。どうしよう……っ。

捨て犬だから保健所に連れていかれた？

それともどこかで迷子になってる？

「シロ、シロ……っ‼」

声が枯れるまで名前を呼んで、日が暗くなるまで探しまくったけれど、シロに会えることはなかった。

翌朝。一縷《いちる》の望みをかけて河川敷を見に行ったけれど、あるのはシロがいた空っぽの段ボールだけだった。

もしかしたら、優しい誰かに見つけられて保護された可能性もある。

そうだと信じたいけれど、シロがいなくなったことで私の心には大きな穴が開いてしまった。

こんなことなら新しい飼い主を最初のうちに探してあげればよかった。

自分の寂しさを理由にシロをつなぎ止めて、シロに寂しい思いをさせていたのは私のほうだ。

ごめん、ごめんね。

せめて顔を見て謝りたい。

シロへの喪失感が消えないまま学校に着いた。

上履きに【消えろ】と落書きがされてあったけれど、私は気にせずにそのまま履いた。

そして教室でも私はぼんやりと自分の席に座っていた。周りからの悪口が今は聞こえない。そのぐらい上の空だった。

「あ、ごめーん。ゴミ箱かと思った」

すると、前触れもなく後頭部に鈍い痛みが走った。

足元に転がっているのは空のペットボトル。どうやら私を的《まと》にして、梨花が投げてきたようだ。

「なんか魂抜けてない？」

「バイ菌だから誰かに除菌されたんじゃね？」

クラスメイトたちはゲラゲラと笑っている。私はなんの反応もしないまま、机に顔を伏せた。

頭の中はシロのことばかり。

誰にも言えない悩みをシロだけは聞いてくれた。

味方なんていない私のことをシロだけが慰めてくれた。

シロがいなくなってしまったら、私はまたひとりぼっちだ。

周りがやけに静かな気がして顔を上げると、教室には誰もいなくなっていた。時間割を見ると次の授業は教室移動だった。

……また保健室に行こうかな。

でも何度も行くと先生に理由を聞かれてしまうし、いじめのことを打ち合けても、また見て見ないふりをされるだけだ。

よろよろとした足で歩き出すと、床に置かれていたカバンにつまずいた。

そのカバンには見覚えがあって、それは梨花のものだった。

ひっくり返ってしまったカバンを戻そうと膝をつく。

と、その時……。カバンの外ポケットから切れ端のようなものが出ていた。

なんだろうと気になって、私はするすると引っ張ってみた。

……ドクンッ。

心臓が大きく跳ねる。それは私が首輪代わりとしてシロに付けてあげた青色の布だった。

……な、なんで？　どうして？

いろんな考えが頭の中を廻《めぐ》っていると、誰かが勢いよく教室に入ってきた。

「は？　なに人のカバンさわってんの？」

険《けわ》しい顔をした梨花が私に近づいてくる。

「……ね、ねえ、これはなに？」

私は布を握りしめてたずねた。

「さあ、なんだろうね？」

「とぼけないでよ。これは私がシロにあげたものだよ」

「へえ、あの犬シロって名前だったんだ」

感情を抑えられない私とは違って、梨花は涼しい顔をしていた。

「シロのことを知ってるの？　なんで梨花がシロの首についていた布を持ってるのよ！」

今まで我慢してきたけれど、これだけははっきりさせなきゃいけないと、声を大きくした。

「うるさいな。アンタがあんな場所で犬なんて可愛がってるのが悪いんでしょ」

……あんな場所ってことは、河川敷にいたことも知っている？

学校でも私の逃げ場を塞《ふさ》ぐように追いかけてくるのが梨花のやり方だ。きっと帰り道にあとをつけられていた日もあったのだと思う。

「シロに、なにかしたの？」

聞きながら、声が震えた。

「別にちょっと遊んでやったら、急に動かなくなっただけ。電池が切れちゃったのかな？」

「……っ」

怒りと悲しみが同時に込みあげてきた。

「じゃあ、今シロはどこにいるのっ⁉」

私は勢いよく、梨花の腕を掴む。

「死んじゃったみたいだから、川に流したよ」

……そ、そんな……。

「シロはおもちゃじゃない！　私の大切な友達だったのに……っ‼」

こんなこと許されるわけがない。

シロがいなくなってしまったことは寂しいけれど、もしも優しい人に拾われていたらいいなって。

もう会えなくても、私の心を救ってくれた友達が幸せなら、それでいいと思っていた。

なのに、こんな結末って……ひどすぎる。

「ぷっ、はは。犬と友達って！」

静かな教室に、梨花の笑い声が響いた。

「じゃあ、私にお礼してよ。お友達の最後の遺品をわざわざ外してきてあげたんだからさ」

梨花の視線がシロの首輪へと向いた。

「どのみちあんな場所で飼えるわけないいんだから、遅かれ早かれ死ぬことになってたでしょ？」

「……返し、て……」

「なに？　全然聞こえない」

「シロを返してよっ‼」

掴んでいる手に力を入れると、梨花はうっとうしそうな顔をして、私の体ごと払い退《の》けた。

「そんなに友達が恋しいなら、別のを探せば？　汚い野良犬ならそこら辺にもいるでしょ」

そう言って、梨花はあざ笑うように私のことを見下ろしていた。

何度も何度も、梨花に対して許せない気持ちはあった。

でも、なにをされても耐えてきたのは、梨花のことも大切な友達だと思っていたからだ。

いつかは変わるかもしれない。

またわかり合える時がくるかもしれない。

悲しさは生まれても、そこに憎しみは生まれなかった。

でも今は違う。

怒りも悲しさも通り越して、梨花のことを地獄に落としたい。

私が地獄を見てきたように、それ以上の苦しみを味わわせないと、この気持ちが収まらない。

梨花が教室を出ていったあと、私はシロの首輪を握りしめて、ある場所に向かった。

決意が固まった途端に、私は怖いくらい冷静でいた。しっかりとした足取りでたどり着いたのは、なんでも願いを叶えてくれる幽霊高校生がいるという四番目の交差点だった。

まだ空が明るかったので、私はじっと交差点の前にたたずんで、その時を待った。

憎らしい梨花の顔を思い浮かべながら、三時間。ようやく辺りはオレンジ色に染まり始めた。

心に悪魔が入りこんだように間違った行動や判断をしてしまうことを、人は魔が差すと言う。

その、魔が住んでいる時間帯を『逢魔が時』と呼ぶらしい。

たしかに交差点には、とても不気味な空気が漂っていた。

悪い方向に導かれてしまいそうな、誤《あやま》って車に飛び込んでしまいそうな場所。

それがこの萩野まつりという少女がいる四番目の交差点だ。

私は深く息をはいた。視線の先で横断歩道の青信号がチカチカと点滅している。

「一、二、三」

唇が点滅に合わせて動いていた。そしてついに四回目の瞬間、私は目をつむって、強く強く呼び掛けた。

〝きみに会いたい〟

すると、交差点に生暖かい風が吹いた。

髪の毛が自然とさらわれていく中で、耳元からささやくような声がした。

「ねえ、ここで不運にも死んでしまった女の子の話を知ってる？」

ゾワッと全身に鳥肌が立って、私は体を仰け反らせた。

「ただの不運ならよかったのに、そうじゃないからその子は交差点にとどまり続ける幽霊になっちゃったんだって」

まるで内緒話をするように話しかけてきたのは、セーラー服を着た女の子だった。

黒髪と赤いスカーフが風で揺れていて、右目の横にある小さなほくろを彼女は細い指先でさわっていた。

「人を恨むって怖いよね。でも人に恨まれるのも怖いよねー。もしもどちらかを選ばなきゃいけないとしたら、恨むほうと恨まれるほう、どっちがいいと思う？」

「……選ばなくても、恨んでる人ならいる」

「えーすごい！　妬《ねた》み嫉《そね》み僻《ひが》みが育たないと、恨《うら》みにはならないんだよ？」

私は明るい表情の女の子をじっと見つめた。

「あなたが萩野まつりでしょ？」

幽霊と呼ぶにはあまりに普通の子だったけれど、彼女が現れた途端に交差点の空気が変わった。

『逢魔が時』は昼と夜のあいだと言われているけれど、まるで自分が生と死のあいだに立っているような、そんな不気味さが体から抜けない。

「うん。大正解。あなたの名前は？」

「伊東美幸」

「美幸は私になにをしてほしいの？」

「私は麻生梨花に復讐したい」

一度は心を通わせた友達だったけれど、もう今となってはどうでもいい。

今まで必死で我慢していたことが、シロの出来事でぷつりと切れてしまった。

「いいよ。でも最初に言っておくね。願いをなんでも叶える代わりに——あなたは大切なものをひとつ失う。それでも復讐したい？」

ゾクッとするような怪しげな瞳。

殺されたシロの無念。そしてへらへらとしながら人の痛みがわからないあいつに思い知らせてやりたい。

「私は絶対にあいつを許さない……！」

それが質問に対する答えだった。

「わかった。これからよろしくね。美幸」

まつりが目を細めながら微笑んだ。


まつりに憑かれて一日目の朝を迎えた。

特に体に変化はなく、肩などが重いという感覚もない。

それどころかまつりは慣れ親しんだ関係のように接してくるから、私たちの距離はすぐに近くなった。

「なんか学校って口を開けた怪物みたいじゃない？　みんなぞろぞろと食べられてるみたい」

昇降口に入っていく生徒たちのことを、まつりはそんな風にたとえた。

返事をしようにも、彼女はほかの人には見えないので、私もそのまま怪物の口の中に入る。

開閉式の靴箱を開けると、自分の上履きがなくなっていた。私は取り乱すことはせずに、室内用の運動靴をカバンから出して履いた。

「あ、バイ菌が来たよ」

教室に入ると梨花がすぐさまバカにしたことを言ってきた。自分の机を見ると、花瓶に入れられた菊の花が飾られていた。

私の反応を見たいがために、梨花は薄ら笑いを浮かべている。

クラスメイトたちも合わせるように笑い、彩芽と宮本は教壇の前でスマホを見せあっていた。

それは、いつもどおりの教室の風景。

でも、ひとつだけ違うことがある。

それは、傷つけられる側から傷つけるほうへ手助けしてくれる最大の味方が憑いているということだ。

「まつり。あれを割って」

私は自分の机に置かれた花瓶を指さした。

「はーい」

軽快な返事のあと、パリンッ‼と飛び散るように花瓶が割れた。

「……きゃあっ、痛い！　な、なんなの？」

その破片は梨花に向かって飛び、人さし指からは血がでていた。

切り傷からにじむ真っ赤な血を見ながら、私は改めて梨花への復讐を誓う。

こんなのはただのスタートラインにすぎない。

梨花が地獄を見るのは、これからだ。


梨花はそのあとすぐに保健室に行った。

ちょっと切っただけなのに大袈裟《おおげさ》だ。人のことは簡単に傷つけられるのに、自分が傷つくことには弱いらしい。

「なんで急に割れたんだろう」

まだ騒然としている教室で、不思議そうに割れた花瓶を見ていたのは彩芽だった。

「絶対にさわるなよな」

そんな彩芽がケガをしないように宮本は注意していた。

花瓶は担任が片付けた。というより、証拠隠滅と言ったほうが正しい。

私の机に菊の花が置かれていたことをとがめもしないで、通常どおりのホームルームが始まった。

「梨花、大丈夫⁉」

そのうちに梨花が教室に戻ってきた。

「平気だよ。みんな心配してくれてありがとうね」

梨花はまだ余裕の顔で笑っていた。

それから昼休みになり、梨花はいつも一緒にいる人たちと机を囲んでお弁当を広げていた。

その輪の中に彩芽もいて、どうやら宮本とは別々の昼食らしい。

「誰かさんがいると、美味しいご飯も不味くなるよね」

梨花はわざと聞こえる声で言いながら、卵焼きを口に運んでいた。

「バイ菌なんだから、汚いトイレで食べればいいのに」

珍しく教室にとどまり続けている私のことが気にくわないようだった。

普段の私なら堪えられずに、別の場所に移動していた。でも今日は違う。

出ていくのは、梨花のほうだ。

「……うっ」

梨花の体に異変が起きたのは、お弁当を食べ始めてすぐのことだった。はしを動かすのをやめて、なにやら口元を抑えている。

「どうしたの？」

彩芽が声をかけた次の瞬間。梨花は食べたものを床に戻した。

「え、ちょっと大丈夫……っ？」

気持ち悪そうに吐き続ける梨花を周りの友達が心配そうに見ていた。けれど、手を貸すというより、どうしたらいいのかわからない様子だった。

梨花を食中毒にしてほしい。

そう私は事前に、まつりに願っていた。

「とりあえず、また保健室に行ったほうがいいよ」

顔面蒼白《がんめんそうはく》の梨花を連れて、彩芽が教室を出ていく。

……彩芽、余計なことしないでよ。

もっともっと吐きまくる梨花をクラスメイトに見せつけてやるつもりだったのに。

こうして梨花に優しくしてる人がいると、また沸々と許せない気持ちが湧《わ》いてくる。

シロはひとりで死んだ。

理不尽に傷つけられて、冷たい川に流された。

だから、梨花も冷たい場所に落ちるべきだ。まずは彩芽をなんとかしよう。

彩芽は梨花と同じくらい権力がある。だから梨花に対して許せないことができれば、クラスメイトだって梨花の味方はできなくなるはずだ。

「ねえ、これ誰が拭くの？」

「えー、私やだ」

「さわらずに先生を呼んできたほうがいいんじゃない？」

どんな方法がいいか模索している中で、みんなが梨花の嘔吐《おうと》物を見て困っていた。

こういう時、一番人間性が出る。

率先して掃除ができる人もいれば、引いてしまう人もいる。どうやらこのクラスには後者が多いようだ。

人間性が試せるからこそ、自分をいいように見せつけることもできる。私はこれをチャンスに思って、いらなくなった雑巾とインフルエンザ対策として用意されていた除菌スプレーを手に持った。

「大丈夫。私がやるよ」

予想どおり、積極的に掃除している私の姿を見て、みんなの目の色が変わっていった。

「なんか伊東さんって、いい子だね」

「あんなに梨花に嫌なことされてるのに」

梨花を蹴落《けお》とす代わりに、どこまでも這《は》い上がる。

シロの無念を晴らせるのは、私だけなのだから。

「自分のことをいじめにくくさせるっていうのも、ひとつの方法だよね！」

学校が終わり家に帰ると、まつりは私の部屋でくつろぎ始めた。

私はまつりの声に返事をしないまま、ずっと持ち歩いているシロの布を見つめていた。

「それはなーに？」

「私の友達だったシロの首輪」

たかが犬と言われるかもしれないけれど、本当に大切な存在だった。

それなのに梨花は……。

私は憎しみと同時に、首輪を持つ手に力を入れた。

「交差点に立っていた時も、美幸は同じ目をしてたね」

「……え？」

「見えてなかったと思うけど、私もずっと三時間美幸のことを見ていたんだよ」

私はてっきり『逢魔が時』にならないとまつりは現れない存在だと思っていたけれど、呼び出せないだけで、つねに四番目の交差点にいるようだ。

「今までどんな人が訪ねてきた？」

「うーん。自分が知らないSNSの鍵アカを見たいって人とか、自分と真逆の生活をしている子と人生交換したいとか、親友の受験を失敗させてほしいとか、誰よりも可愛くなりたいとか。ほかにもまだまだたくさん」

当たり前だけど、人によってまつりに願うことは様々だ。

きっと私のように復讐したいと願った人もいたことだろう。

「ねえ、シロを生き返らせなくて本当にいいの？」

「…………」

私はもちろんシロのことを一番最初にまつりに頼んでいた。

けれど、まつりからの返事は『シロの形ではないかもしれないけどいい？』だった。

死んだものを生き返らせることは可能だけど、肉体がすでにこの世にない場合は、きれいな姿でよみがえらせることは不可能らしい。

シロには会いたいし、この手で抱きしめたい。

その気持ちは変わらないけれど、心もなにもないシロを自分のエゴで生き返らせてしまったら……シロは二回死んだことと同じになってしまう。

私はそんなことしたくない。

せめてもう苦しまない場所で、思いきり走り回っていてほしい。シロのことを救えなかった私ができることは、ただ安らかにいてという祈りを届けることだけだ。


次の日。私は騒がしい廊下の物陰から梨花のことを見ていた。

「宮本」

階段をのぼっている宮本に梨花は声をかける。

「これ、宮本のじゃない？」

それは宮本がいつも腕につけているミサンガだった。サッカー部の仲間たちとおそろいで付けているもので、次の大会で優勝するという願掛けも込められているらしい。

「うわ、本当だ。サンキュ」

宮本は梨花からミサンガを受けとる。

「切れたってことは、大会でいいところまでいくって意味じゃない？」

「はは、だといいけど」

普段はおちゃらけている宮本は、こう見えてサッカー部のエースだ。そして中等部の頃、そんな宮本に梨花は片思いしていた過去がある。

そのうちに彩芽と付き合い始めてしまい、梨花はけっこうショックを受けていた。ダメ元で告白しておけばよかったともらすほどに。

すでに宮本のことはあきらめているだろうけど、梨花は彼の前だとしおらしい態度を見せる。

だからこそ、利用できると考えた。

もちろん宮本のミサンガを切ったのも、わざと梨花の前に落としておいたのも、私がまつりに頼んでやったことだ。

「今だよ。伝えたとおりにして」

「はーい」

まつりに合図を出した直後、梨花はバランスを崩すように前に倒れた。

「……あぶないっ！」

宮本はとっさに梨花の体を支えた。その反動で階段から足を踏み外して、ふたりは仲良く転げ落ちていく。

「痛……っ」

足首をさわりながら顔を歪めていたのは……。

「宮本、大丈夫っ⁉」

梨花ではなく、宮本のほうだった。

「だ、大丈夫……っ……」

言葉とは真逆に、宮本の足はみるみる変色していく。

「ごめん、宮本。私のせいで……」

梨花は珍しくうろたえていた。そのあと宮本は通りかかった先生の肩を借りて保健室に連れていかれた。

「宮本、骨折したんでしょ？」

「大会あるのに大丈夫なの？」

「なんか梨花のことをかばって階段から落ちたらしいよ」

学校から病院に向かった宮本の診断は右足首の骨折。宮本とメッセージのやり取りをしている彩芽が落ち込んだ声でつぶやいた。

「……全治三か月だって」

つまり大会への出場は絶望的。それでも「気合いで骨をくっつける」と宮本からは明るいメッセージが届いたそうだ。

みんなが宮本を心配してる中で、梨花はひとりだけ別の表情をしていた。

「ごめん。私が、私が……」

宮本がケガをしたことで自分を責めてるようだった。

「事故だから気にすることないよ。宮本もそう言うと思うし」

彩芽は感情を抑えて梨花のことを気遣っていた。

「ねえねえ、なんで宮本にケガをさせたの？　骨を折るなら梨花でよかったんじゃないのー？」

まつりは私の意図がまだわかっていないようだ。

「これでいいんだよ」

誰にも気づかれないように小声で答えた。

誰も梨花のことを責めないのは想定済み。

土台は完成した。あとは壊すだけだ。


それから宮本は松葉杖《まつばづえ》生活になった。サッカーの大会に出られるかどうかはこれから決めるそうだ。

「……宮本！」

そんな彼に誰よりも優しくしていたのは梨花だった。自分のせいでケガをしてしまったことを、ずっと気にしているようだ。

「不便なこととかない？　私、なんでもやるから」

宮本がケガをしたことで、私へのいじめは落ち着いていた。

梨花の頭は宮本のことでいっぱいのようで、それどころではないようだ。

「不便はないよ。手は使えるし」

「でも困ったことがあったらサポートさせて！」

梨花が女の子の顔になっていた。宮本への罪悪感から片想いしていた時の気持ちが戻ったのかもしれない。

「登下校とか大変じゃない？　私、明日から自転車出そうか？」

献身的に宮本に話しかけている中で、私はまたまつりに合図を出した。

「次は宮本のほうね」

「うん。わかった！」

階段の時と同じように、今度は宮本がバランスを崩した。

宮本のことを支えようと梨花は手を伸ばす。ガタッと松葉杖が床に落ちたあと、ふたりの空気が静かになった。

受け止めようとした拍子に、梨花と宮本はそのままキスをしてしまった。

「ごめん……！」

先に離れたのは梨花だった。

「いや、こっちこそごめん……」

宮本が気まずい顔をしている。梨花は首を横に振って、その顔は真っ赤になっていた。

そんなふたりの様子を隠れて見ながら、私は不敵な笑みを浮かべていた。

「……で、上手く撮れたの？」

まつりが私のスマホをのぞき込む。

「うん。ばっちり」

それは宮本と梨花がキスをしてる写真だった。

ハプニングを起こしてほしいと願ったけれど、まさかこんなに上手くいくとは思ってなかった。

「これを私ってバレないように彩芽に送れる？」

「そしたら彩芽が傷つくんじゃない？」

「それでもお願い」

「うん。わかった」

彩芽に恨みはない。もちろん宮本にも。でも梨花を蹴落とすためならもう手段は選ばない。

「梨花。これはどういうことなの？」

女子の更衣室になっている教室。次は体育の授業なのでクラスメイトがジャージに着替えている中で、彩芽は予想どおり激怒していた。

梨花に証拠写真を見せながら、強く問いただしている。

普段クールな彩芽がこんなに感情をむき出しにしている姿は初めてだ。

「えっとこれは……宮本のことを支えようとして……」

「それでキスするの？」

「じ、事故だよ！　宮本にも聞いてみて！」

いつも偉そうにしている梨花が面白いほどに戸惑っていた。梨花が責められていても、ほかの人たちは気まずそうに見て見ないふりをしている。

だって、彩芽は梨花と同じくらいクラスでは力を持っている。そんな彼女のことを敵に回したらどうなるのか。梨花も含めて、みんなが知っていることだった。

「宮本に聞いたよ。でもさ、こういうことがあったなら、梨花から私に報告すべきじゃないかな」

「……ご、ごめん」

歯切れが悪い梨花にあきれたように、彩芽は教室を出ていってしまった。その瞬間、完全に梨花への風向きが変わったと確信した。

「……彩芽!」

私はすかさず、彩芽のあとを追いかけた。もちろんすべてが私のシナリオどおりに運んでいる。上手くいきすぎて、笑いをこらえるのが大変だった。

「大丈夫?」

「……うん」

「宮本は浮気するようなタイプじゃないから平気だよ」

まあ、ふたりがキスするように仕組んだのも、その証拠写真を送ったのも私なんだけど。

「ありがとう」

早歩きをしていた彩芽がスピードを落として、私たちは並んで歩いた。

中等部にいた頃から彩芽は目立つグループにいた。その中間辺りにいた私と梨花にもよく声をかけてくれる存在だった。

「私、ぶっちゃけ急に調子に乗り始めた梨花にムカついてたんだよね」

スクールカーストで表せば私や梨花はずっと二軍だった。

それなのに梨花は私をいじめの対象にすることで態度が大きくなり、今では誰も逆らえない一軍にいる。

「美幸をいじめることで周りにも偉そうにしてるしさ」

「きっと私にも原因があったんだと思う。だから悪いのは梨花だけじゃないよ」

「……美幸」

梨花が彩芽の敵に回っている隙に、私は味方にする。梨花に復讐すると誓った時から、利用できるものはなんでもしようと決めていた。

「でも今回のことに関しては梨花が悪いと思う。宮本にケガをさせたこともそうだし、なんでもサポートするね、なんて彩芽がいるのに言うべきじゃないよ」

「そんなこと言ってたの？」

「うん。たまたま見かけた時に……」

様子をうかがうように彩芽の顔を見ると、やっぱりその表情は怒っていた。

それから数日が経って、梨花への風向きは冷たいまま。キス写真が流出しているだけではなく、なんと梨花のせいで負ったケガが原因で宮本はサッカーの大会には参加できなくなった。すでに宮本抜きの練習が始まっていて、ますます梨花は自分のことを責めていた。

「宮本、ショックだろうね」

「うん。かわいそう……」

教室ではあちこちで、同情する声が飛び交っていた。あんなに威勢《いせい》がよかった梨花はすっかりおとなしくなっていて、私をバカにすることもなくなっていた。


「ふっ、あははは っ!」

その日の夜。私は梨花の落ち込んだ顔を思い出して大笑いをしていた。

あいつは今まで調子に乗りすぎた。

ざまーみろって感じだ。

「ねえ、美幸。梨花に復讐するために、ほかの人を利用して本当によかったの?」

「えー?」

私はまだ笑いを止めることができなくて、あふれてくる涙を指で拭っていた。

「たしかに梨花が原因で宮本にケガをさせてほしいと願ったのは私だけど、その度合いまでは知らないよ。全治三か月なんてカルシウム不足じゃないの?」

でもそのおかげで、ことが大きくなってくれたので、案外早く梨花を孤立させることに成功した。

「もう過ぎたことはどうでもいいよ。それよりまつりはさっきからなにを読んでるの？」

「ああ、これ？」

ベッドに腰かけているまつりが見せてきたのは、一冊の本だった。

「あ、それ私も見たことあるよ。たしか悪いことをした人が地獄に落ちて、そこから救いだそうと一本の蜘蛛《くも》の糸が伸びてくる話だよね」

小学生の時の教科書にも載っていた記憶がある。

「私、この話大好きなんだ！」

「へえ」

私はまつりから本を借りて、ペラペラとめくってみた。

「因果応報《いんがおうほう》はこうして糸にたとえられることが多いんだよ。ほら、因果はめぐる糸車って言葉もあるでしょ？」

「うーん」

私は首をかしげる。教師志望なのに勉強不足かもしれない。

「じゃあ、教えてあげる。因果はめぐる糸車の意味はね、行為の善悪に応じて、その報いが必ずあるってことだよ」

まつりはそう言って、クスリとした。

「つまり私のことを苦しめた梨花が同じように苦しむことは、理にかなってるってことだね」

「さあ、それはどうかな」

曖昧《あいまい》な返事をして、まつりは再び本を読み始めた。

やったぶんだけ報いを受けなくてはいけないのなら、まだ梨花への復讐は終われない。

次の日。教室はいつもより騒がしかった。

「ねえ、彩芽と宮本、別れちゃったんだって！」

そんな話題で、クラスは持ちきりだった。

ケガをして大会に出場できなくなった宮本はすっかり落ち込んでしまい、学校も休みがちになっていた。そんな日々の中で、「今は恋愛する気分にはなれない」と宮本から彩芽に別れを告げたらしい。

もちろんこれも私がまつりに願ってやらせたことだ。

「っていうか、全部梨花のせいじゃん」

案の定、クラスメイトの文句の矛先は梨花に向いた。

「梨花が宮本にケガさせて、おまけにこそこそ彩芽のことを裏切るようなことしてさ」

「だからキスのことは……」

「それだけじゃないじゃん。宮本に『ケガの具合はどう?』って頻繁に連絡してたんでしょ。バレてないと思ってたの?」

「中等部の時に宮本のこと好きだったのは有名だし。これをきっかけにワンチャンあると思ってたんじゃね?」

止まらない批判。みんなから責められている梨花はなにも言えなくなっていた。

「……みんなもういいよ」

彩芽は別れたことのショックで、やつれていた。

「よくないよ！　宮本と彩芽はあんなにお似合いだったのに……」

そんな言葉と一緒に、梨花への冷ややかな視線が向けられた。それを見て、私はニヤリとほくそ笑む。

やっぱり私の計画は間違ってなかった。

好感度の高い彩芽と宮本のことを引き裂いた罪は重い。きっともう二度と梨花は偉そうにすることなんてできないだろう。

その日の昼休み。教室にいられない空気を察して、梨花は静かに廊下に出た。

そんな梨花を見逃すはずもなく、私はそのあとについていった。梨花が足を止めたのは屋上だった。

空には雲ひとつない青空が広がっている。

すがすがしい屋上とは不釣り合いな空気をまとった梨花は、ため息をついて景色を眺めていた。

「梨花」

声をかけると、すぐにその肩がビクッとした。

周りの目を気にしすぎて、警戒心が強くなってしまったのかもしれない。

私も梨花にひどいいじめを受けていた時は、どこにいてもビクビクしてた。なにもかもが怖くて、誰もいない場所に逃げたいと思う気持ちは理解できる。

「屋上ってめったに来ないけど、すごく気持ちいいんだね」

私は他愛ない会話をしながら、梨花の隣に並んだ。

あんなに横暴《おうぼう》な振る舞いをしていたっていうのに、今の梨花は亀のように小さい。

それどころかその顔には覇気《はき》もなくなっていた。

「美幸。今さら遅いと思うけど、本当にごめん……」

梨花が深々と頭を下げた。

「私、成績が思うように伸びなくて中等部の頃から悩んでたんだ」

梨花が手すりを握りながら、ぽつりぽつりと本音を言い始めた。

「教師になるって夢が遠くなるたびに、美幸に嫉妬してた。それで派手なグループに入って、夢から逃げたの。だからって、美幸を苦しめていい理由にはならないってわかってるけど……」

初めて聞いた梨花の本音。

きっと彼女なりの葛藤《かっとう》があったのだろう。

もしかしたら私をいじめることで、ストレス解消をしていた部分もあったのかもしれない。

「たしかに苦しいことばかりだったけど、もういいよ」

「美幸……」

「だって、私、梨花のこと許す気ないから」

そう言って梨花の髪の毛を掴んで、手すりの外に前屈みになるように押した。

私だけにひどいことをするのなら耐えられた。

でも梨花はその延長で大切だったシロのことも傷つけた。

その無念さは、どんなに償《つぐな》われても癒えることはない。

「ご、ごめんっ、美幸。わ、私、本当に反省してるの……っ!」

昼休みという騒がしい校舎では、いくら大声を出したところで誰も気づかない。

私は梨花の後頭部を強く押し続けた。

「えーそこまでしていいの？　本当にいいの？」

茶化すようにして、まつりは私たちの周りをうろちょろしている。

「うるさいから今は黙って」

「はーい」

まつりに黙ってと言ったことが、梨花は自分が言われていると勘違いしたのだろう。急に抵抗する力が弱くなった。

「本当にいくらでも謝るから許して……っ」

梨花は泣いていた。私はそれを見てすぐに頭から手を離した。

梨花は安心したように振り向いたけれど、再び私はその首元を押さえる。

「……う、く、苦しい……」

「苦しい？　その苦しみを私だけならまだしも、シロに与えたのはアンタでしょ」

「ごめん、なさい……。なんでもするから許してください……」

「は？　どんなに謝ってもシロは戻ってこない。もうなにもかも遅いんだよ……!!」

私は声を荒らげて、さらに力を強くした。

「落ち、ちゃう……お願い、やめて……」

梨花は涙でぐちゃぐちゃになりながら、顔を歪ませていた。そう、私はこれが見たかったのだ。

「ねえ、梨花。いいこと教えてあげるよ」

「……っ、苦しい……」

「宮本にケガをさせたのもキス写真が撮れるように仕向けたのも、彩芽と別れさせたのも私だよ」

梨花が驚いたように目を丸くさせていた。

「私が、萩野まつりに願ってやってもらった。でも悪いのは梨花だよ。だって梨花がこんなにも私のことを悪魔にしたんだから」

そう言い放ったあと、私は梨花のことを屋上から突き飛ばした。

ふわりと空中に舞う梨花の長い髪の毛。

彼女の涙が私の頬を横切っていったあと、ドサッ！と鈍い音が辺りに響いた。

手すりから顔を出して確認すると……梨花は血を流して倒れていた。

「はは、あははは っ……‼」

笑いが止まらなかった。

高笑いってこういうこと言うんだろうな！と、これ以上ないほど胸がスカッとするのを覚えた。

これで梨花への復讐は終わった。

すべて私の計画どおりだ。

……ガサッ。と、その時。屋上の物陰でなにかが動いたような気がした。

「まつり。今そこに誰かいた？」

「さあ、なにも見てないけど」

まつりはわざとらしいほど、きょとんとしていた。少し怪しく思えたけれど、きっとカラスかなにかだろうと気にとめずに、私は達成感に浸《ひた》っていた。


梨花はそのあと通りかかった先生によって病院に運ばれた。

一週間が経過しても意識不明の重体であり、その命が尽きるのも時間の問題。

梨花が屋上から落ちたことはすぐにみんなの耳に入った。

状況からして自殺だろうと判断されたけれど、いじめの有無に関しては担任を含む全員のクラスメイトが否定した。


梨花がいない学校生活はとても穏やかだった。

まるで最初から麻生梨花なんていなかったかのように。

屋上から落ちた件を誰も掘り起こさない代わりに、誰も梨花の話すらすることはなくなっていた。

「伊東さん、このお菓子食べる?」

「今度みんなで遊びに行こうよ!」

梨花が消えたことで、クラスメイトたちは私のことを粗末には扱わなくなった。スクールカーストで言えば底辺にいたけれど、今は一軍というポジションにいる。その理由は……。

「美幸。次、教室移動だよ」

力のある彩芽と仲良くなったからだ。彩芽はまだ宮本のことを引きずっているようだけど、私の前では明るい顔を見せてくれることも多い。

一度は地獄を経験したけれど、梨花に復讐して本当によかった。じゃなきゃ私は今も笑えてないと思うから。

そしてこの日。私は学校帰りに久しぶりに河川敷へと向かった。

シロがいた段ボールはすでになくなっていた。シロに会いたくてここに通っていたことが今では遠い昔のように思えてくる。

「もう私は必要ないみたいだね」

川のせせらぎと同化するように、まつりが言った。

梨花がいなくなって順風満帆《じゅんぷうまんぱん》な生活を送っている今、まつりに願うことはなにもない。

「私のそばにずっといてっていう願いはダメなのかな？」

「うん」

「いたところで、私は邪魔なだけだよ。美幸はもうひとりじゃないでしょ？」

まつりを呼び出した日、私は人生のどん底にいた。

もしも、まつりに出逢えていなかったら……私は今もひとりぼっちだった。

「なんか寂しいよ」

自分なりにけっこう仲良くなれたと思っている。

まつりを呼び出せるのは一度きりだと決まっているので、別れてしまえばもう二度と会うことはできない。

「大丈夫だよ。美幸の環境が変わったように、なにが起きるかなんて誰にもわからない。だから、また違った形で会えるかもしれないよ」

「……そうだといいけど」

役目を果たしたまつりの姿が、どんどん薄くなっていく。

手を伸ばしたけれど空気がひんやりとしているだけで、もちろん触れることもできなかった。

「まつり本当にありがとう……‼」

ありったけの声を出した。

「お礼なんて言っていいの？　美幸はこれからひとつなにかを失うんだよ？」

「まつりのおかげで今の私がいる。ひとつくらい失っても今の生活が崩れることはないよ！」

「そっか。じゃあね、また会えるといいね」

まつりはニコリと笑って、私の前から消えた。

きっと四番目の交差点に戻ってしまったのだろう。

でも彼女は前に言っていた。

私には見えていなかっただけで、まつりからは見えていると。

つまり、私が交差点に会いにいけば、瞳には映らなくても同じ空間にはいられる。でもたぶん私は、自分からまつりに会いにいくことはないと思う。だって、たとえこの先なにかを失ったとしても、私の生活が壊れることは永遠にないのだから。


まつりと別れて数日後。私は今日も彩芽と一緒にいた。

「ねえ、美幸。今日の放課後ってなにか予定ある？」

「ううん。特にないよ」

「じゃあ、付き合ってほしいところがあるんだけど」

「うん。いいよー」

私は軽い返事をした。

彩芽はサバサバしているのですごく話しやすい。彼女が隣にいれば私は守ってもらえるし、周りからも一目置かれていることは視線をとおして感じていた。

「どこに行くの？」

そして放課後になり、私たちは校舎を出て歩いていた。

「着くまで内緒」

さっきから彩芽はそればかり。私を驚かせたいことでもあるんだろうか。

「着いたよ」

「え、ここって……」

私の瞳に映っているのは四番目の交差点だった。まったく意味がわからない。動揺している私とは違って、彩芽はとても落ち着いていた。

「着いたって、ここ交差点だよ？　あ、この先に店があるとかそういうこと？」

「ううん。違う。ここが目的の場所」

行き交う車を横目に、彩芽はまっすぐに交差点を見つめていた。

「ここって、なんでも願いを叶えてくれる幽霊高校生がいるらしいよ」

「へ、へえ」

私は気丈に振る舞いながら、心臓はバクバクとしていた。そんな私の心を見透かしたように彩芽が目を細める。

「美幸のほうが、萩野まつりに詳しいんじゃない？」

「……え」

空は次第に怪しげな色を見せ始めて、まつりに会える『逢魔が時』になっていた。

彩芽はじっと交差点の信号機に目を向ける。青から赤へと点滅を繰り返して、四回目。

〝きみに会いたい〟

言葉には出さなくても、彩芽の心の声が聞こえた気がした。

「はは、やっぱり本当だったんだ！」

彩芽が誰かと話し始める。自分の肌でもわかるくらい空気がひんやりとしていて、
確実に〝いる〟と思った。

「あ、彩芽……。まさかまつりを……」

「うん。そうだよ。美幸もまつりを使って梨花のことを追い詰めていたんでしょ？」

ドキッと心臓が大きく跳ねた。

「たまにひとり言を言ってることには気づいてた。でも確信はなかった。この現場を
見るまでは」

そう言って彩芽は私に向けてスマホの画面を見せてきた。そこには隠し撮りをして
いる動画が記録されていて、それは私が梨花のことを屋上から突き落としている場面

だった。

「……っ」

驚きすぎて足があとずさりする。

もしかしてあの時、黒いものが動いた気がしたのは彩芽だった?

動画には私が梨花のことを突き飛ばしている場面が映っているだけじゃない。

〝宮本にケガをさせたのもキス写真が撮れるように仕向けたのも、彩芽と別れさせたのも私だよ〟

〝私が、萩野まつりに願ってやってもらった〟

誰も聞いていないだろうと暴露した私の声まで、ばっちりと動画におさめられていた。

「いろいろとおかしいと思ってた。私たちは知らず知らずに美幸にもてあそばれていたんだね」

「ち、違う……」

「なにが違うの? 宮本のことをケガさせて、私たちの仲を引き裂いたでしょ?」

ま、まずい。ぜんぶ彩芽にバレてしまうなんて想定外だ。

「だから違うよ。たしかにまつりに願ったことはあったけど、宮本のケガだってちょっと足首をひねるくらいでよかったの。彩芽たちのことも少し仲違《なかたが》いするくらいで……」

必死に言い訳をしても彩芽の冷たい視線は変わらない。

「まつりはいつもやりすぎるんだよ！　私のせいだけじゃないって」

すると、彩芽がクスリと笑う。

「まつりは願ったことを忠実にしただけだって言ってるよ？」

「……っ」

どうしよう。どうしたらいい？

こんなことならまつりと別れなければよかった。そしたら梨花と同じように彩芽のことも消して、なにもかもなかったことにできるのに。

でも、私はもうまつりに願えない。

その姿さえ、見えることはない。

「と、とりあえず場所だけ変えない？　少し落ちついて話し合おうよ」

まつりを呼び出しただけじゃ、まだ願い人として成立はしていないはずだ。

まつりは交差点からは離れられないから、彩芽とふたりきりになることができれば、あれこれと都合よく吹き込める。

幽霊じゃなくて悪霊ってことにして、まつりに操《あやつ》られていたことにしてしまおう。

それで、まつりがいかに怖い存在なのかを植え付ける。

まつりを彩芽に憑かせるわけにはいかない。

まつりの力がどれほどのものなのかは、私が一番よく知っているから。

「ねえ、彩芽。私たち友達でしょ？　仲良くしてくれてたじゃない」

「友達？　仲良く？　私はこの日のタイミングを見計らってただけだよ」

「そんな……」

きっと私と同じように、心の中で計画を立てていたのだろう。それが強い目をした彩芽からひしひしと感じられた。

「美幸にはわかんないだろうけどさ、私、本当に宮本のことが好きだったんだよ」

彩芽は視線を落として悲しそうな表情を浮かべた。

「だから別れたくなかったし、ずっと一緒にいたかった。それをアンタは自分の欲望のために簡単に奪った」

そう言って彩芽は涙を流した。そして、視線を私ではなく、なにもない場所へと向ける。

そこにまつりがいるのだと、直感でわかった。

「私の名前は豊田彩芽。叶えてほしい願いはひとつ」

「ま、待ってよ。彩芽……」

「私は伊東美幸に復讐したい」

その瞬間、生暖かい風が私の横を通り過ぎた。

頭の中で、まつりが言っていたあの時の言葉を思い出していた。

『因果はめぐる糸車の意味はね、行為の善悪に応じて、その報いが必ずあるってことだよ』

血の気が引いて、体中が寒い。

「また地獄に落ちなよ、美幸」

明日から、いや、この瞬間からなにが待っているのか。私は力が抜けたように、交差点にしゃがみこんだ――。

＊＊＊

人間が人間でいる限り、悩みは尽きない。

深い闇の中に堕《お》ちるように、心で生まれた憎しみや悲しみは、自分が思っている以上に育ってしまうことがある。

そんな時、必ず人はこの交差点にやってくる。

来るものは拒まず、去るものは追わず。

私はただ願い人の希望を叶えるだけの存在だ。

「だから言ったじゃない。また会えるって」

これからやり返されてしまう美幸は再び転落して、今いる場所を失うだろう。

え？　結局、私の正体はなんなのかって？

ふふ。それはまた次の機会に——。

END

あとがき

こんちには。永良サチです。このたびは「幽霊高校生のまつりちゃん」をお読みいただきまして、ありがとうございます。

野いちごのサイトではホラー作品をいくつか書いてきましたが、こうして本にしていただくのは今回が初めてです。

主人公が章ごとに変わりながらも世界観は変わらずに、好きな章から気軽に読めるホラーが書きたいと思いはじめたのは数年前のこと。そして私の中で生まれたのが、まつりちゃんこと、萩野まつりという女の子でした。

無邪気で子供っぽいけれど、掴みどころがないまつりを書くのはとても楽しかったです。

さて、皆さんはなんでも願いを叶えてくれる幽霊高校生のまつりちゃんが本当に存在したら、どうしますか？

私はずいぶん前に学生時代を終えてしまっていますが、友達に勉強。部活に恋に家族と、当時悩んでいたことを思い返しながら本作を書きました。

ホッとして、ハッとして、ゾッとするような物語が5作ありましたが、なにか大切なことに気づいたり、わくわくドキドキしていただけたら嬉しいです。

ちなみに私はホラー小説は好きなのですが、心霊番組などはひとりでは見れません。見れないくせに、見たいという願望があるので、誰かを巻き込んで「出た？　映った？　まだ？」と自分はドーナツクッションの穴から覗くだけという、たちの悪いタイプです。笑
そんな私がホラーを書いて、こうして形にできたことは奇跡です。

一緒に作品を作り上げてくださった担当さんや世界観をイラストにしてくださった榎のとさま。いつもお世話になっている編集部の方々のおかげで、この本を皆さんへ届けることができました。そしてなにより、いつも応援してくださる読者の方々と、この本を手に取ってくださったあなたに最大級の感謝を申し上げます。

本当にありがとうございました！

また物語を通じて出会えたら幸せです。

二〇一九年十二月二十五日　永良サチ

永良サチ（ながら さち）

北海道在住。夜行性で夜にやる気スイッチが入る。現実よりも創作の世界にいる時間のほうが多い。小さい頃からストーリーやタイトルを考えるのが癖。漫画ならなんでも読む雑食系。本が溢れた空間で暮らしていて、崩れそうな本棚に怯えている。2016年『キミがいなくなるその日まで』で作家デビュー。現在はケータイ小説サイト「野いちご」にて活動中。

榎のと（えのき のと）

漫画家、イラストレーター。主な作品は『僕らに恋は早すぎる』（漫画／ZERO-SUMコミックス）、『うちタマ?!』（漫画／ジーンピクシブシリーズ）。装画では、野いちご文庫『すき、きらい、恋わずらい。』『私はみんなに殺された』『予言写真』（スターツ出版）ほか、『駅伝ガールズ』（装画／角川つばさ文庫）などがある。

永良サチ先生への
ファンレター宛先

〒104-0031　東京都中央区京橋1-3-1　八重洲口大栄ビル7F
スターツ出版（株）書籍編集部気付　永良サチ先生

この物語はフィクションです。
実在の人物、団体等とは一切関係がありません。

幽霊高校生のまつりちゃん

2019年12月25日　初版第1刷発行

著　者　永良サチ

発行人　菊地修一

イラスト　榎のと

デザイン　カバー　ansyyqdesign
フォーマット　斎藤知恵子

DTP　株式会社 光邦

編集　野田佳代子

発行所　スターツ出版株式会社
〒104-0031
東京都中央区京橋1-3-1 八重洲口大栄ビル7F
出版マーケティンググループ TEL 03-6202-0386
（ご注文等に関するお問い合わせ）
http://starts-pub.jp/

印刷所　株式会社 光邦
Printed in Japan

ISBN 978-4-8137-0821-6 C0193

恋するキミのそばに。

♥野いちご文庫人気の既刊！♥

感染都市

朝比奈《あさひな》みらい・著

高2のあおいが通う高校で、ウイルスが原因の人喰いゾンビが現れる。噛みつかれては次々とゾンビになる生徒や教師たちに、学校はパニック状態に。さらに、学校の外にもゾンビは溢れていて…。友人の死、命がけの恋…さまざまな想いを抱えたあおいたちの生き残りをかけた戦いが、今はじまる。

ISBN978-4-8137-0802-5　定価：本体590円＋税

洗脳学級

西羽咲花月《にしわざきかつき》・著

高２の麗衣たちは、同じクラスの沙月から、どんなことでも解決してくれる「お役立ちアプリ」を教えてもらい、ダウンロードする。やがて、何をするにもアプリを頼るようになった麗衣たちは、アプリに言われるままイジメや犯罪にも手を染めていき…。衝撃のラストまで目が離せない、新感覚ホラー！

ISBN978-4-8137-0783-7　定価：本体600円＋税

予言写真

西羽咲花月《にしわざきかつき》・著

高校入学を祝うため、梢は幼なじみ５人と地元の丘で写真撮影をする。その後、梢たちは１人の仲間の死をきっかけに、丘での写真が死を予言していること、撮影場所の丘に隠された秘密を突き止める。だけど、その間にも仲間たちは命を落としていき…。写真の異変や仲間の死は、呪い!?　それとも…!?

ISBN978-4-8137-0766-0　定価：本体590円＋税

死んでも絶対、許さない

いぬじゅん・著

いじめられっ子の知絵の唯一の友達、葉月が自殺した。数日後、葉月から届いた手紙には、黒板に名前を書けば、呪い殺してくれると書いてあった。知絵は葉月の力を借りて、自分をイジメた人間に復讐していく。次々に苦しんで死んでいく同級生たち。そして最後に残ったのは、意外な人物で…。

ISBN978-4-8137-0729-5　定価：本体560円＋税

書店店頭にご希望の本がない場合は、書店にてご注文いただけます。